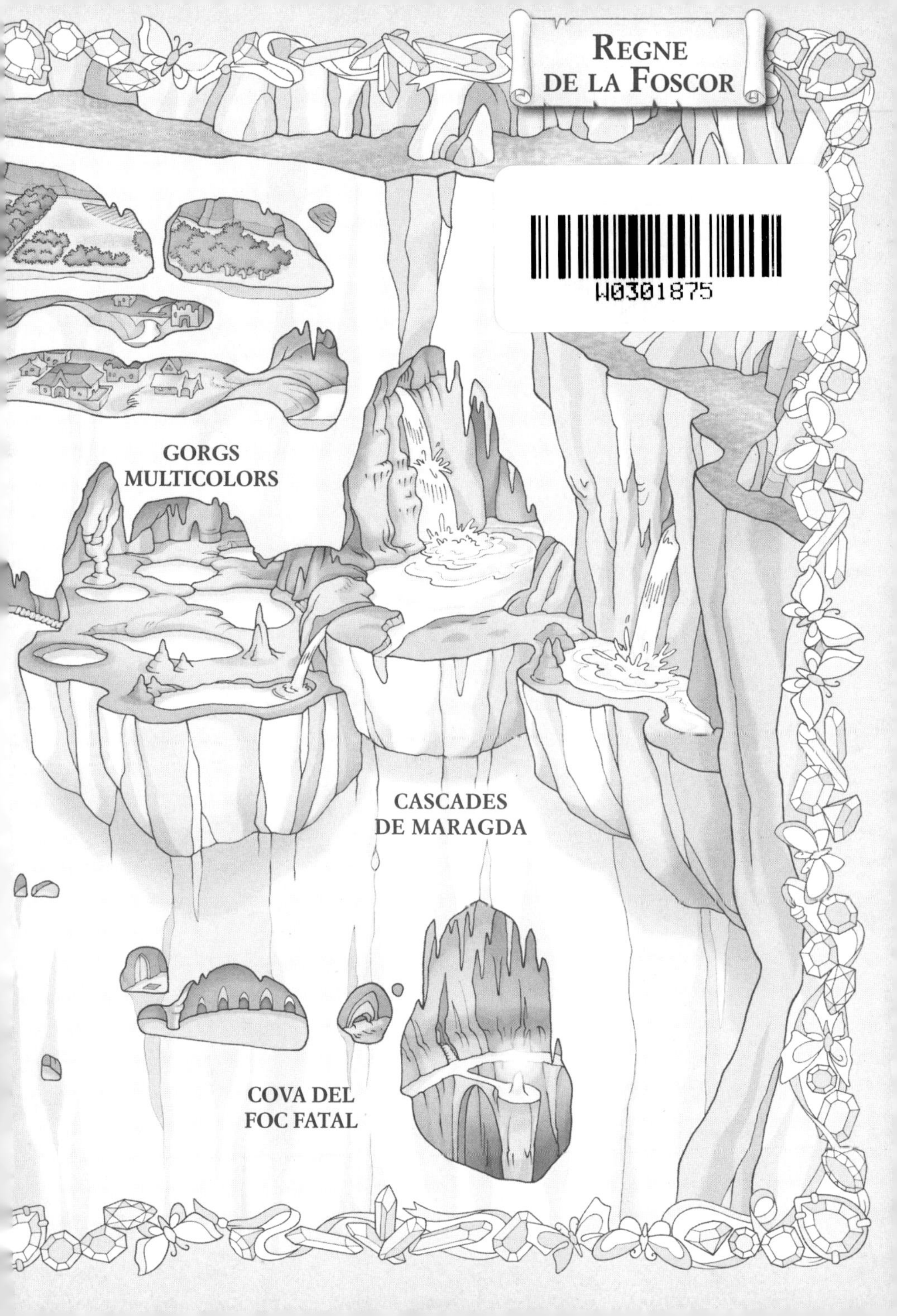
REGNE DE LA FOSCOR
GORGS MULTICOLORS
CASCADES DE MARAGDA
COVA DEL FOC FATAL

Princeses del Regne de la Fantasia

5

Textos de Tea Stilton
*Col·laboració editorial d'*Elena Peduzzi
Coordinació editorial de Patrizia Puricelli
Coordinació de textos de Benedetta Biasi i Marta Vitali
*Editing d'*Antonella Lavorato
Coordinació artística de Lara Martinelli
Dibuixos originals de les Princeses del Regne de la Fantasia de Silvia Bigolin
Il·lustracions interiors de Silvia Bigolin
*Projecte fotogràfic d'*Els secrets de Diamant *de* Sara Cimarosti
amb les il·lustracions de Silvia Bigolin
Mapes de Carla De Bernardi *i* Carlotta Casalino
Coberta de Iacopo Bruno
Sobrecoberta interior de Silvia Bigolin
Projecte gràfic interior de Marta Lorini
A partir d'una idea original d'Elisabetta Dami
Títol original: *Principessa del buio*
Traducció de M. Dolors Ventós

Estrella Polar, Peu de la Creu 4, 08001 Barcelona
www.estrellapolar.cat
info@estrellapolar.cat
www.geronimostilton.cat

Primera edició: novembre del 2012
ISBN: 978-84-9932-917-8
Dipòsit legal: B. 27.723-2012
Fotocomposició: Víctor Igual, s.l.
Impressió: Egedsa
Imprès a Espanya – Printed in Spain

Tea Stilton

La PRINCESA de la FOSCOR

Estrella Polar

Personatges

Diamant

Diamant és la Princesa del Regne de la Foscor. Viu a Terra-rotunda, un meravellós palau reial amagat en les profunditats de la Terra. És la germana bessona de Nives, la Princesa dels Gels, i s'assemblen com dues gotes d'aigua.

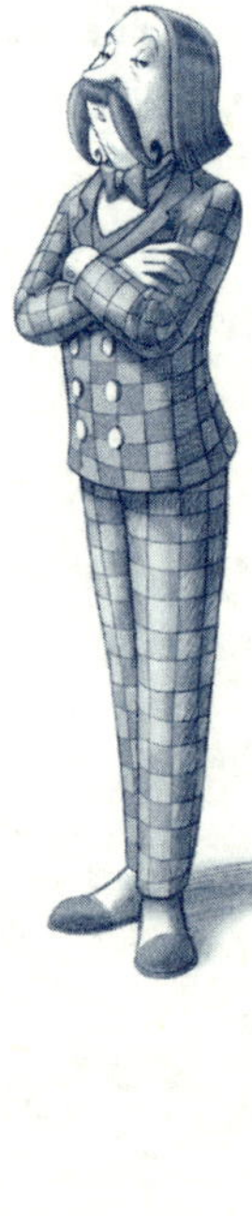

Sequí

És el preceptor de Diamant. A més d'ocupar-se dels estudis de la princesa, és un autèntic punt de referència per a ella, i l'únic que pot calmar el seu caràcter impulsiu.

Safira

Alegre i simpàtica, és la filla de Sequí i una amiga insubstituïble de la princesa. En els moments difícils, el seu optimisme funciona sempre com l'arma més valuosa de totes.

Papallones d'ales de vellut

Companyes inseparables de la princesa, la llegenda diu que van néixer d'uns flocs de neu que algú va submergir als Gorgs Multicolors.

El Mestre dels Corrents Obscurs

És l'home més savi del Regne de la Foscor, el guardià dels secrets de Terra-rotunda. Governa les aigües dels Gorgs Multicolors, que, dins seu, oculten la cinquena i valuosíssima estrofa de la Cançó de la Son.

Els fennecs

L'oloreta que prové de la cuina de granit és mèrit seu: els cuiners de la cort preparen la millor minestra d'arrels dolces de tots els regnes!

Hortensi

És el jove i exuberant botànic de la cort. Es cuida amb passió dels Camps Herbosos. No és gens difícil trobar-lo pels passadissos de Terra-rotunda amb un cove ple a vessar de fruita i verdura acabada de collir.

Els Talps de la Guàrdia Reial

No hi ha ningú que conegui més bé les galeries de Terra-rotunda que els talps del regne! Per això, a més de vetllar pel palau reial, es dediquen a tasques tan delicades com el transport dels cristalls de sal.

Oi que és fantàstic? Som al llindar de l'últim regne, el de la Foscor! Hem viscut unes aventures increïbles en companyia de les princeses i els seus amics, i ara som aquí, a punt de conèixer l'última germana, Diamant. Ja sabeu que és la germana bessona de Nives. La semblança física entre elles és extraordinària, però, pel que fa al caràcter... Bé, ja descobrireu vosaltres mateixos les diferències!

Hem marxat del Regne dels Boscos preocupats per la situació en què es troben els Cinc Regnes: la cort d'Arcàndida, empresonada en el gel; Gunnar i Iara, de camí cap al Regne de la Foscor; Diamant, que encara no en sap res de res, i Helgi, el jardiner del Regne dels Gels, desaparegut misteriosament... On deu ser? De moment, no ens en podem ocupar: el temps corre i ens hem de preparar per explorar les profunditats de la terra en direcció a Terra-rotunda, la llar de la princesa Diamant. Aquí, hi fa força calor; per tant, poseu-vos roba lleugera, agafeu torxes i seguiu-me.

Veniu, que entrarem en aquella galeria. Sí, ja ho sé: és fosca, per això porteu les torxes. Confieu en mi: conec el camí. Sentiu aquest soroll? És aigua. Al Reg-

ne de la Foscor n'hi ha moltíssima. Si pot ser, ens regalarem una estada a la Font Roent i als Gorgs Multicolors, on brollen unes deus subterrànies que tenen unes propietats prodigioses. La princesa Diamant també hi va de tant en tant per fer-hi un bany tonificant.

Si us topeu amb unes persones que tenen els ulls resplendents com diamants, us trobareu en presència dels súbdits del Regne de la Foscor. Són esquerps i reservats, no us estranyeu si no us diuen res.

Al llarg del camí veureu unes formacions rocoses espectaculars, però, per poc que pugueu, resistiu la temptació de tocar-les. Les roques són vives i creixen contínuament. El contacte amb la vostra pell les podria perjudicar. Bé, ja n'hi ha prou, de xerrameca! Ens hem d'afanyar. Us pregunteu què ens espera, oi?

Ja us ho explicaré pel camí!

Au, vinga, que no hem de donar gaire avantatge al Príncep sense Nom.

El temps vola, però la unió fa la força!

Tea Stilton

PRIMERA PART

1
Benvinguts al Regne de la Foscor

Quan va arribar al fons del passatge màgic que hi havia a les profunditats del Fossat Enfervorit, Gunnar es va trobar a terra, amb el cap espès i els sentits emboirats.

Després de llançar-se al fossat d'Arcàndida, va caure a una velocitat vertiginosa. Tot seguit, la foscor el va engolir i li va fer perdre la noció del temps i de l'espai, com en un somni. Va tenir la sensació que el xuclava un remolí, que caminava damunt d'arenes movedisses, que fluctuava en el buit. Es va esforçar per mantenir els ulls oberts, però, passat un temps indefinit, va perdre els sentits. I ara era estès a terra, molt adolorit.

Es va aixecar lentament, provant d'esbrinar si s'havia

trencat cap os, però, a part d'un masegament general, li va semblar que tot estava en ordre. Sentia unes lleus fiblades a la cama ferida durant la baralla amb el Príncep sense Nom (quant de temps havia passat? De vegades, li semblava que pocs dies, d'altres, una eternitat!). Però no era res que la seva antiga pell dura de llop no pogués suportar.

Se'n recordava prou bé, del temps que havia viscut amb un cos de llop; el record era tan vívid que, encara ara, hi havia dies que quan es despertava al matí s'estranyava de tornar a tenir forma humana.

El Príncep dels Gels va mirar al seu voltant, però no va veure res més que una foscor total i densa com un mantell de vellut. Va mirar enlaire, on hi hauria d'haver el cel, i va entreveure una claror esmorteïda, tan llunyana com una estrella. Provenia de dalt, d'Arcàndida. A quina distància devia ser ara la seva Nives? Distant i inabastable, immòbil en la seva presó de gel...

Es va espolsar aquells pensaments negatius. Necessitava aplegar tot el seu coratge, perquè d'ell depenia trobar la manera de salvar Nives i alliberar la cort! Tenia una missió i el primer pas per acomplir-la era buscar el palau reial de la princesa Diamant.

Justament quan provava d'orientar-se, va sentir un soroll darrere seu. Es va girar, però no va veure altra cosa que no fos l'obscuritat.

Fosca. Impenetrable. Amenaçadora.

On havia anat a parar? De debò que era al Regne de la Foscor?

Va tancar els ulls un instant. Quan els va tornar a obrir, li va semblar que tenia una visió més nítida i que la foscor no era tan intensa.

Ignorant l'esgotament que sentia, Gunnar va fer unes quantes passes per desentumir les cames, rígides i adolorides, tot allargant els braços al seu davant per provar d'entendre què el circumdava. Aviat va esbrinar que es trobava en una galeria excavada en la roca. A mesura que avançava, l'aire es tornava més càlid i dens, impregnat d'olors noves. Caminava lentament, amb cautela, i tenia les orelles tenses, per sentir més bé. Però en aquella galeria regnava un silenci absolut, que només trencava el so dels seus passos, que ressonaven en una superfície que s'imaginava que era de roca i terra batuda. Més endavant, en la llunyania, va albirar una claror feble, un halo ambarí que il·luminava una part del passadís. Es va sentir més segur i va accelerar el pas.

Es creia que caminava pel túnel d'una mina, un indret completament nou per a ell. El dominava la presència constant de les roques, com una atmosfera immòbil i suspesa.

Es preguntava quant de temps trigaria a arribar al palau de Terra-rotunda.

Haldorr s'havia limitat a explicar-li que havia d'arribar al centre del regne, però el centre podia ser en qualsevol lloc per a qui no en coneixia la topografia.

L'instint li va suggerir que baixés més avall. No li resultaria gens fàcil, però la urgència de la missió li infonia una gran determinació.

Va continuar avançant fins que va arribar a la claror, que provenia d'una torxa clavada a la paret de roca. A partir d'aquell punt, en va trobar més que anaven il·luminant el camí. «És un bon senyal», va pensar Gunnar. «És evident que aquests passadissos no estan abandonats».

Durant uns instants, va observar la flama càlida i

tremolosa de la torxa i es va recordar de la caverna en què Halifa, la guardiana del volcà, l'havia transformat en llop.

Havien passat moltes coses des de llavors, però el seu instint continuava essent tan sensible com el dels animals. I ara li deia que havia de tirar endavant.

Què havia de fer? S'emportava la torxa o la deixava al seu lloc, per il·luminar el camí d'altres viatgers?

Va decidir continuar sense la torxa. Va avançar per aquell passadís fins a arribar a una cruïlla. Una segona galeria es bifurcava de la primera i girava cap a la dreta. Quina havia d'agafar? Va fer uns quants passos en l'una i després en l'altra, i es va adonar que la segona galeria feia una mica de pendent.

–Si baixa, és probable que em condueixi al palau reial, que és a les profunditats! –va exclamar en veu alta.

Satisfet per aquella descoberta, va enfilar la galeria de la dreta, on les torxes eren molt més nombroses.

Va caminar durant una estona difícil de calcular. L'ambient que l'envoltava sempre era el mateix, i l'aire era tebi i dens. Tenia les cames feixugues i rígides, la boca seca i la ment atapeïda de pensaments.

S'imaginava com seria conèixer Diamant, la germana bessona de Nives; es preguntava si veure-la li faria pensar en la seva estimada i no se sentiria tan sol.

Més endavant, va trobar una altra cruïlla. Va tornar a triar la galeria de la dreta i va fer el mateix en totes les cruïlles següents, sense parar de baixar. El cansament era cada vegada més gran, però havia de resistir i continuar endavant, perquè cada pas que feia l'acostava més a la seva meta.

De sobte, Gunnar va sentir alguna cosa: una remor de passes ràpides, com de cursa. De cop i volta, el va envestir una ventada d'aire i alguna cosa li va colpir el coll. Va sentir un dolor molt agut a la base del clatell, abans de caure a terra, perdre els sentits i desplomar-se en una foscor encara més profunda.

L'ombra d'una figura minúscula que duia un barret cònic va sorgir a la llum de la torxa per observar de prop el cos desmaiat. Després de mirar-li la cara, va fer un salt enrere, obrint molt els seus ullets foscos, que brillaven sota unes celles molt negres i poblades.

Va deixar caure el bastó que duia a la mà, es va ficar els dits esmolats i nuosos a la boca i va fer un xiulet.

2
La princesa Diamant

Una papallona agitava les ales blanques i vellutades amb una gràcia infinita, voleiant per la galeria llarga i silenciosa. Fendia l'aire tebi i immòbil, ombrejada per la tremolor de les flametes de les torxes penjades a les parets de roca fosca.

Una noia amb uns cabells lluminosos que duia un vestit esquitxat de pedres precioses caminava una mica més enrere que ella. Els seus ulls, blaus i brillants com dues aiguamarines, estaven fixos al seu davant, i la ment, absorta en pensaments llunyans.

Era Diamant, la Princesa del Regne de la Foscor. El diamant que duia penjat al coll era el més gros dels Cinc Regnes i era la pedra que havia inspirat el seu nom.

De tant en tant la papallona es posava uns moments per esperar-la. Quan Diamant arribava on era, li acariciava les ales i aquell insecte tan meravellós reprenia el vol amb l'elegància d'una fulla empesa pel vent.

A la princesa li agradava fer una passejada abans de sopar, en companyia de les seves inseparables amigues, les Papallones d'Ales Vellutades, que eren un regal que li va fer el seu pare, el Rei Savi, quan li va confiar el regne.

A Diamant li agradava recordar la història d'aquelles papallones: en una nit de tempesta, el rei va triar un dels flocs de neu que queien del cel del Regne dels Gels Eterns i el va portar al Regne de la Foscor. Un cop allà, el va submergir en un dels Gorgs Multicolors i, al cap de poca estona, del mirall d'aigua en va sortir una meravellosa papallona amb les ales blanques. I, darrere seu, moltes més, grans i albes com la neu d'Arcàndida.

També aquell vespre –si es pot parlar de vespre al Regne de la Foscor, en què dia i nit es confonen en una penombra constant–, Diamant recorria un dels llarguíssims passadissos que circumden Terra-rotunda. Durant tot el dia havia tingut la sensació, gairebé imperceptible, que estava a punt de passar alguna cosa important; però no havia succeït res.

De cop i volta, es va adonar que la papallona s'havia tornat a aturar, però sense posar-se enlloc. Continuava bategant les ales en suspensió. Diamant s'hi va acostar.

–Què passa? –li va preguntar, abans de veure-ho amb els seus ulls.

Hi havia algú al fons de la galeria. En la penombra, Diamant només en podia veure la silueta, força robusta, amb un barret calat al cap. Per un instant, va pensar a tornar al palau reial, però després, l'instint, o potser aquella sensació que l'havia acompanyat durant tot el dia, li va suggerir que no ho fes.

3
Un desconegut al Regne de la Foscor

–Alto! Qui hi ha? –va exclamar en un to decidit la princesa.

Va semblar que la misteriosa figura no la sentia. No li va respondre ni tampoc va fer cap gest per aturar-se. Caminava amb passes regulars i rítmiques, amb la mirada oculta per l'ampla ala del barret.

Diamant, en canvi, es va aturar al costat d'una torxa, però no va recular. La papallona va tornar al seu costat i es va quedar quieta.

Quan el desconegut va estar prou a la vora per poder parlar sense cridar, va alçar els ulls, es va treure el barret, i va dir:

–Us saludo, princesa Didi.

En sentir aquelles paraules, Diamant va tenir un rampell d'alegria desbordant com una cascada que baixa per una muntanya. A banda del seu pare, només hi havia una persona que l'anomenava així. Va obrir els braços i va córrer en direcció a aquell home.

–No m'ho puc creure! De debò que sou vós, Helgi?!

El jardiner del Regne dels Gels va acollir la princesa entre els seus braços robustos i la va estrènyer amb força. Alguna llagrimeta indisciplinada li va lliscar per la barba rossa i espessa.

Quan es va refer de l'emoció, Diamant li va preguntar:

–Com és que sou aquí? Si vós... si vós heu deixat el Regne dels Gels i el Gran Arbre, deu ser per un motiu molt seriós!

L'expressió de l'home es va enfosquir.

–En efecte, princesa, us he de dir una cosa molt important, però aquí no.

–Doncs anem a palau. Allà hi estarem tranquils.

Havent dit això, tots dos van fer cap al palau de Terrarotunda.

Van caminar en silenci fins a arribar a una de les entrades, i Diamant no va dissimular la seva sorpresa en veure-la oberta de bat a bat i, a més, va veure que hi transitaven, endavant i endarrere, un gran nombre de talps de la guàrdia reial.

Carregaven uns sacs molt voluminosos, ben lligats a l'esquena amb unes corretges gruixudes.

–Però què passa aquí? –es va preguntar la princesa, conscient que no n'obtindria cap resposta, perquè els talps no parlen–. Veniu, Helgi, seguiu-me! Ja me n'informaré més tard.

Diamant el va guiar pel llarg passadís que menava a la cuina de granit. L'il·luminaven uns globus de vidre i filferro molt grossos penjats a les parets; a l'interior de cada globus, hi voleiaven centenars de cuques de llum que creaven una il·luminació d'allò més suggestiva.

Helgi va ensumar l'aire, que feia olor d'aliments coent-se.

–Els fennecs ja són als fogons! Ells preparen la millor minestra d'arrels dolces que he tastat mai!

Diamant es va quedar molt parada.

–Sabeu una cosa? Quan érem petites, el pare ens explicava, a mi i a les meves germanes, una història que parlava d'aquestes arrels dolces.

–De debò? –va dir el jardiner.

–Sí. Deia que aquestes arrels tenen un gust tan dolç perquè estan impregnades de cristalls de sucrina, una substància meitat mineral, meitat aliment, que només es troba al Regne de la Foscor. És molt difícil trobar aquestes arrels, fins i tot per als talps del regne. Les arrenquen amb cura per evitar que es trenquin i les posen a marinar un mes i un dia en una salmorra que té una composició secreta. Després, les fan reposar embolicades en draps de jute. Quan els fennecs, amb el seu finíssim olfacte, noten que desprenen la primera punta d'amargor, per lleu que sigui, les posen a bullir per preparar la seva famosa minestra –va concloure, entusiasmada, la princesa.

–Extraordinari, de debò. Però ara anem passant, princesa, que m'urgeix parlar amb vós!

–I a mi escoltar-vos!

En aquell moment, va sorgir davant seu una figura esprimatxada que caminava a tota velocitat.

–Hortensi! –el va cridar Diamant–. Es pot saber què...

–Princesa! Sou vós? És que han arribat uns bulbs de *Tuberosa argentea* acabats d'arrencar i els he de pelar i tallar abans no s'endureixin –va explicar aquell noi, que tenia la pell pàl·lida com la lluna.

–Sí, però... em pots explicar per què...?

Abans que la princesa tingués temps d'acabar la pregunta, el noi ja se n'havia anat corrents.

–Perdoneu-lo. És el nostre botànic. És qui té cura dels Camps Herbosos. I amb una gran habilitat, val a dir. Però, tal com heu vist, sempre va molt atabalat. Corre d'aquí cap allà, i fa mil coses alhora.

–Sembla un noi molt ferm –va comentar Helgi.

En aquell moment va aparèixer un fennec. Era un animal molt especial, amb el pelatge daurat, semblant a una guineu, però amb les orelles llargues i punxegudes. Tenia una mirada ferotge i espavilada.

–Avisa Sequí, sisplau. Digue-li que es reuneixi amb mi al saló del tron –li va ordenar Diamant.

La petita guineu va inclinar lleugerament el cap i va desaparèixer en una galeria.

–Veniu, Helgi. És per aquí.

La princesa va conduir el jardiner fins al saló del tron.

Durant el breu trajecte, la va tornar a assaltar aquella sensació tan estranya del matí, lleugera i impalpable com les ales de les seves papallones. No tenia ni idea de què l'hi provocava.

Però, de vegades, hi ha coses que se senten i prou, tal com deia sempre la seva mare, la reina.

I ella hi estava totalment d'acord.

4

La veritat

El saló del tron era un espai enorme, amb les parets de roca fosca i un sostre altíssim, amb voltes semicirculars. El jardiner, assegut en un dels escons de pedra on normalment seuen els qui participen en les audiències, estava visiblement preocupat. La princesa l'observava, asseguda al tron, també de pedra, esculpit en forma de papallona i guarnit amb gemmes. L'estança, la il·luminaven centenars de cuques de llum, que entraven i sortien dels globus de vidre penjats a les columnes, i la llum càlida procedent de dos enormes canelobres de plata que hi havia damunt d'una llarga taula de fusta. Les espelmes perfumades, en cremar-se, desprenien en l'aire una agradable aroma de vainilla.

El paviment era de terra batuda barrejada amb fragments de pedres precioses que reflectien una resplendor que semblava de pols d'estrelles a la llum de la lluna.

Al cap d'uns minuts, va entrar una tercera persona al saló. Era un home de baixa estatura, tenia un aspecte molt polit, amb els cabells foscos ben pentinats i uns bigotassos enormes que li emmarcaven els llavis fins. Amb una gran desimboltura, portava un vestit de quadres vermells i blaus i un vistós llacet de vellut vermell al

coll. Sota la jaqueta, se li endevinava una armilla fosca, tota cordada.

–Us saludo, princesa –va dir l'home, fent una petita inclinació.

–Veniu, Sequí. Us presento Helgi, el jardiner del Regne dels Gels Eterns.

Sequí va avançar cap a la princesa.

–Sequí és el meu preceptor, un home d'una basta cultura i una gran... precisió –va afegir Diamant, donant un cop d'ull al rellotge que el preceptor duia a la mà.

–És gairebé l'hora de la nostra lliçó, princesa; per tant, procureu no estendre-us gaire –li va dir l'home mentre es guardava a l'infern de l'armilla aquell rellotge de butxaca tan gros.

–Em sap greu, però em penso que avui haurem de cancel·lar la lliçó. Helgi ha vingut a comunicar-nos una notícia molt important.

Sequí va adreçar una mirada de preocupació a Helgi. Era un home de costums i no li agradaven els canvis de programa. Tot i així, es va adonar que no tenia cap alternativa i es va asseure en un dels escons situats davant del tron.

Els ulls del preceptor i de la princesa es van centrar en Helgi, que semblava buscar les paraules adequades per començar: sabia que no seria una explicació senzilla.

Va respirar fondo i va dir:

–He vingut al Regne de la Foscor per advertir-vos que una amenaça molt greu plana sobre els Cinc Regnes. Espero no haver arribat massa tard.

Diamant es va acostar les mans a la boca i va exhalar un gemec, però no va interrompre l'explicació de Helgi.

–Hi ha un home malvat i sense escrúpols, decidit a reunir els Cinc Regnes sota el seu domini, que prova d'apoderar-se de les cinc estrofes de la Cançó de la Son. He vingut perquè em fa por que no s'hagi apoderat de la vostra, princesa Diamant.

–Però... com és possible? Qui pot voler fer una cosa així?

–El fill del Vell Rei.

En sentir-ho, Diamant es va quedar sense alè. Després, a poc a poc, es va recuperar i va provar d'assimilar aquella informació.

–El Vell Rei tenia un fill? Però... en aquest cas, per què no és al Palau Adormit, amb la resta de la seva cort?

–Comprenc la vostra sorpresa, princesa. Jo també m'he fet la mateixa pregunta. I només hi ha una explicació possible: crec que el príncep no hi era quan... quan el vostre pare va fer l'encanteri que va adormir la cort. Per això se'n va poder escapar. Des de llavors que no ha parat de covar la seva venjança i ha ideat un pla molt elaborat per reconstruir la Cançó de la Son. Pel que sé, està a punt d'aconseguir el seu objectiu.

–Què voleu dir, amb això?

–Que, malauradament, ja té les altres quatre estrofes.

–Com ho sabeu?

–És una història molt llarga, no sé si val la pena cxplicar-la ara. Confieu en mi, us ho prego.

–Entesos... Confio en vós, prou que ho sabeu –va dir Diamant amb un mig somriure–. És a dir, que heu vingut per avisar-me del perill que corre la meva estrofa, oi?

Helgi va fer que sí amb el cap i va mirar el terra.

Sequí, mentrestant, l'havia escrutat amb la seva mirada atenta de preceptor. Després, com que ningú no deia res, va decidir trencar el silenci.

–Senyors meus, si voleu un consell, us suggereixo que aneu a comprovar si l'estrofa encara es troba al seu amagatall.

«El preceptor té raó. L'estrofa és el més important», va pensar Diamant.

–Ben pensat! De pressa, Sequí, feu venir el Mestre dels Corrents Obscurs!

L'home es va alçar i, amb pas decidit, es va encaminar cap a la porta.

Quan es van quedar sols, Diamant va fer mil preguntes a Helgi: volia que li expliqués tot el que sabia.

Al final de l'explicació, la princesa va exclamar, gairebé enrabiada:

–Vós creieu que se'n sortirà? Que el Príncep Malvat conquerirà el poder dels Cinc Regnes?

–És un home molt decidit, però amb això no n'hi ha prou. Abans, s'haurà d'enfrontar amb nosaltres.

–I si triomfa en el seu propòsit, què ens passarà?

Helgi va acotar el cap, angoixat per uns pensaments dolorosos i pesants com roques.

En aquell moment va reaparèixer Sequí.

–El Mestre dels Corrents Obscurs és aquí, Missenyora! –va exclamar, interrompent-los.

La presència al saló de l'home que l'acompanyava es va fer notar de seguida, com un vent càlid. I tempestuós.

5
El Mestre dels Corrents Obscurs

El Mestre dels Corrents Obscurs va entrar al saló del tron amb passes lentes. La seva manera de caminar tenia un aire greu i solemne, com el pas del temps. Era un dels personatges més influents del Poble de la Foscor, del qual tenia la fesomia característica: pell molt clara, ulls negres i cabells foscos i llargs, que li queien en cascada des de la toca en forma de turbant fins a les espatlles. Tenia una expressió impertorbable i una edat indefinida.

El Mestre va avançar fins al tron, va inclinar el cap com a mostra de respecte envers la princesa i es va aturar davant d'ella, ignorant el jardiner.

Sequí el seguia a poca distància.

Diamant va continuar asseguda, amb els ulls fixos en el Mestre. Sentia una angoixa indescriptible només de pensar que li podien haver robat l'estrofa. I esperava amb impaciència escoltar l'opinió d'aquell home.

–Mestre, creieu que ens assetja un perill real?

–El perill és a prop, o potser ja ha passat, però no sense haver causat danys –va respondre el Mestre.

Tots el van mirar, embadalits per la seva veu calmosa i profunda. Semblava sorgir de les entranyes de la terra. A més, el savi parlava amb un llenguatge insòlit que, un cop interpretat, revelava una saviesa profunda.

–Vós creieu que ja han robat l'estrofa? –li va preguntar Helgi.

El Mestre va mirar el jardiner. Qui havia gosat interrompre la conversa entre ell i la princesa? Va entreobrir la boca, però no va dir res.

Mentre esperava la resposta, Helgi estava amb l'ai al cor.

Durant uns instants, el Mestre va restar en silenci, amb la cara solcada per una ombra.

Quan va reprendre la paraula, li va dir:

–El malvat aconsegueix el seu objectiu amb més facilitat si segueix el camí obscur. La veritat reposa en l'aigua.

–I això què vol dir? –va preguntar Diamant a Sequí.

El preceptor va respondre:

–El Mestre vol dir que el príncep disposa de la força de la màgia. Per això serà difícil derrotar-lo. Pel que fa a l'estrofa, és possible que ja ens l'hagin robat; haurem d'anar a comprovar-ho.

–Sí, és clar. Anem-hi de seguida!

–On? –va preguntar el jardiner.

–Als Gorgs Multicolors –va respondre la princesa–. L'estrofa està amagada al fons d'un dels gorgs.

–Doncs no perdem més temps! –va exclamar Helgi.

Diamant va respirar fondo, fent un esforç perquè no li tremolés la veu.

–Mestre, sisplau, guieu-nos vós.

El Mestre va inclinar el cap i es va encaminar cap a la sortida del saló. Els altres el van seguir, nerviosos i angoixats.

El viatge va ser força ràpid, però tan opriment que

a ningú se li va ocórrer alçar els ulls de terra per admirar les desmesurades volutes de les grutes que travessaven.

Quan estaven a punt d'arribar-hi, la princesa va explicar:

–El Mestre governa les aigües i els corrents que recorren els Gorgs Multicolors. L'estrofa no és mai al mateix lloc, sinó que l'arrosseguen les aigües dels gorgs, que es comuniquen entre si. Fins ara l'hem conservat així, perquè fins i tot nosaltres n'ignorem la posició exacta...

–Una idea excel·lent, princesa.

–Qui no coneix la veritat, no pot mentir –va sentenciar el Mestre, que caminava darrere seu.

Diamant va provar d'allunyar la preocupació buscant consol en el record d'aquell jove d'ulls blaus que li havia robat el cor. Va desitjar que tornés ben aviat al Regne de la Foscor. Aquell noi li havia canviat la vida de sobte, fent-li sentir l'esgarrifança del vent a la pell, el vertigen d'una capbussada en aigües

cristal·lines, les palpitacions del cor de qui espera que ben aviat aconseguirà el més bonic dels dons. No havia experimentat mai res de semblant i era com si aquella trobada hagués donat un significat nou a moltes coses, com si els dies sense ell ja no tinguessin sentit...

Una gota d'aigua que va regalimar de la volta de pedra de la galeria i li va caure en una galta la va sobresaltar i va interrompre aquell reguitzell de pensaments. De sobte, Diamant es va sentir novament catapultada a un remolí d'angoixa.

Tenia la desagradable sensació que no trobarien l'estrofa al seu lloc.

Sequí percebia la torbació de la princesa; Diamant tenia un caràcter voluble, semblant als corrents del subsòl, que tenen un curs imprevisible i sorprenent. Sovint prenia decisions impulsives, no acceptava retrets, sempre fingia saber què era el millor que es podia fer, i pretenia que tothom estigués d'acord amb ella. I això, en determinades situacions, era un gran inconvenient.

El petit grup va caminar cosa de deu minuts més, travessant una gruta rere l'altra.

–Gairebé hi som –va dir Diamant, dirigint-se a Helgi–. Em sap greu que no hàgiu tingut temps de descansar.

–No estic cansat. Però us agraeixo que us preocupeu per mi –va respondre el jardiner amb un somriure que Diamant va correspondre.

Després, va tornar a pensar en l'estranya sensació que havia experimentat durant tot el dia. D'entrada, havia pensat que era la malenconia que li havia provocat la sobtada partença del jove dels ulls de color de mar, però ara començava a trobar-hi una altra explicació. Era el seu sisè sentit que l'advertia perquè es posés en guàrdia. Alguna cosa dins seu havia començat a esmicolar-se. I les mirades de preocupació dels seus companys no feien altra cosa que confirmar els seus temors.

6
Una sorpresa amarga

Al cap d'un quart d'hora de camí, el petit grup va arribar a una gran gruta de pedra calcària blanca, ampla i lluminosa; del sostre, en baixaven unes estalactites lluents per l'aigua.

Als Gorgs Multicolors no hi havia gairebé ningú: només dues dones, germanes, tenint en compte la semblança i la complicitat dels seus gestos, s'hi havien quedat fins tan tard per fer petar la xerrada.

Una profunda malenconia va envair Diamant; a ella, l'havien exclòs d'aquella atmosfera de confiança i afecte des de la infància, més concretament des del dia en què l'havien obligat a separar-se dels seus pares i les seves germanes. Ara, la seva família no existia, i si pensés a formar-ne una de nova, hauria de coexistir amb una infinitat d'obligacions vinculades a la seva sang blava i als deures com a princesa del regne.

Va estrènyer els punys, presa d'una ràbia sobtada. Després, la seva mirada es va tornar a fixar en aquelles dues dones.

–Feu-les fora! –va ordenar a Sequí.

–Si em permeteu, princesa, us suggereixo que tingueu una mica de paciència. Ja veureu com se n'aniran...

Diamant es va mossegar el llavi.

Helgi la va mirar. I després va mirar els Gorgs Multicolors.

N'hi havia deu o dotze. Uns eren grans, uns altres més petits, uns eren circulars, uns altres allargats. Les aigües que els omplien eren de colors diferents, que anaven del groc rovell d'ou al verd fosc, passant pel blau cel i el color teula. Les unes bombollejaven i treien fum, les altres eren plàcides i immòbils.

«Quina meravella!», va pensar la princesa, sobtadament envaïda per una sensació de pau en sentir l'aigua que fluïa.

Un cop les dues dones se'n van haver anat, el Mestre dels Corrents va alçar les mans, amb els palmells enlaire, i va tancar els ulls.

Tots els altres el van observar en silenci. Es va estar uns segons en aquesta posició, buscant la concentració necessària per invocar el control de les aigües; després, sempre amb els ulls closos, va allargar les mans, encara amb les palmes enlaire, en direcció als gorgs. Lentament, la superfície líquida es va arrissar, com bressolada per una brisa lleugera. Les aigües es van aplegar en un remolí majestuós i potent, i es van elevar cap a la volta de pedra del sostre. Al terra de la gruta, els gorgs van mostrar els seus llits secs i buits com calderes enormes.

Sense vacil·lar ni un instant, la princesa es va posar a examinar-los amb la mirada. Del primer va passar al segon i així successivament, amb una expressió cada vegada més contreta i preocupada.

–L'estrofa ha desaparegut –va dir, al final.

Llavors, el Mestre va obrir els ulls i va fer girar tots dos polsos, primer cap a la dreta i després cap a l'esquerra. Les aigües van obeir l'ordre i amb una naturalitat infinita van tornar a ocupar el seu espai habitual.

–El funest presagi és una realitat. Entretenir-se porta desgràcia.

–El Mestre té raó. Hem de tornar a Terra-rotunda ara mateix! –va exclamar Diamant, amb la respiració entretallada pel nerviosisme.

–No convé perdre la calma, princesa –li va dir Sequí.

Ella el va mirar, primer amb expressió de sorpresa, després, d'enuig. No tolerava que ningú li digués què havia de fer, ni tan sols el seu preceptor.

–Cada minut que passa és preciós! –li va replicar, irritada. Tot seguit, es va encaminar cap al palau reial, amb passes decidides i ràpides.

7

La sospita

Helgi i Sequí van seguir la princesa, però el Mestre es va quedar immòbil al costat dels corrents. Després, va desaparèixer, engolit per les ombres, sense fer cap soroll.

–Heu notat cap presència insòlita, últimament? –va preguntar Helgi al preceptor.

–Insòlita, dieu? Jo diria que no.

–No ha vingut cap foraster?

–Mmm... Una qüestió molt ben plantejada. Malauradament no sóc la persona més adequada per respondre-la –va admetre Sequí.

Diamant va sentir la conversa entre tots dos personatges, i la paraula *foraster* li va fer venir al pensament aquell rostre pàl·lid amb uns ulls blaus com el cel. Aquells ulls de color de mar eren la primera cosa en què pensava quan la son l'abandonava al matí, i també quan l'acollia dolçament en arribar la nit.

–Doncs sí. Ens va venir a veure un foraster... –va respondre, incapaç de dissimular la lleu vermellor que li havia tenyit les galtes.

–Qui?

–Un jove procedent de l'Acadèmia del Regne del Desert.

Helgi va accelerar el pas fins a arribar al seu costat.

–Què heu dit?

–No crec que tingui cap importància –es va defensar Diamant.

–Oi tant que en té, princesa! De qui es tractava? Digueu-m'ho, sisplau!

Diamant es va aturar, empipada per aquella impetuosa intromissió.

–Es diu Robí Blau. No es va quedar gaires dies a la cort. Si no recordo malament, era un buscador.

–Un buscador? I què buscava?

Diamant va reprendre la caminada.

–No ens ho va dir. Era molt reservat.

Helgi li va clavar la mirada i, amb el pensament, es va imaginar el Príncep sense Nom disfressat de buscador.

–Princesa, el vau conèixer personalment, aquest... Robí Blau?

Diamant no li va respondre. I va apressar el pas.

–Es van conèixer? Van parlar? –va preguntar Helgi al preceptor, aferrant-lo per una màniga.

–No n'he de fer res, d'aquestes coses, senyor jardiner. I vós encara menys!

Helgi li va donar una estrebada.

–Però què dieu? Que no us n'adoneu, que està en joc el destí dels Cinc Regnes?!

–Prou! –va cridar Diamant.

–Princesa Diamant! Sequí! Escolteu-me perquè és important. El príncep utilitza les arts màgiques per can-

viar d'aspecte i confondre tothom. Adopta aparences i papers que canvien constantment!

–No era ell! –el va contradir Diamant.

–Com en podeu estar tan segura?

–Sóc una princesa! I sé reconèixer les persones!

–A ell, no! El príncep utilitza els seus poders per adoptar la fesomia d'altres persones! Elegeix amb molta atenció el seu objectiu i després li pren el lloc, replicant el seu aspecte, els costums, la manera de parlar! És un enemic molt astut i molt combatiu.

Quan el jardiner va acabar de desfogar-se, ja eren tots tres a les portes del palau reial.

–Llavors també podeu ser vós –va replicar Sequí.

–Sí, podria ser jo. Però també podríeu ser vós!

Diamant els va mirar tots dos, perplexa i espantada.

–La veritat és que podria ser qualsevol... –va admetre Hèlgi–. Les úniques persones en qui no es pot transformar són les cinc princeses.

Diamant estava consternada.

–Però...

–Escolteu-me amb atenció, princesa. Penseu bé en aquest foraster, Robí Blau. Qualsevol sospita, qualsevol dubte que les seves paraules us hagin suscitat podria ser una pista útil.

Diamant es va estremir: com s'atrevia, Helgi, a parlar-li d'aquella manera? Tot i així, va comprendre el que li havia dit el jardiner. Havia de provar de calmar-se i raonar com una governant responsable del regne i no com una adolescent... enamorada.

–És a dir, que creieu que Robí Blau podria ser el príncep sota una aparença falsa?

–Cal tenir en compte totes les possibilitats.

En aquell moment, Sequí va expressar el seu parer:

–Encara que fos el Príncep sense Nom, no sé pas com s'ho devia fer per robar l'estrofa. Sense la intervenció del Mestre dels Corrents Obscurs és impossible retirar l'aigua dels gorgs.

La princesa es va acostar les mans a la boca, com si l'hagués fulminat un pensament terrible.

Helgi se'n va adonar:

–Què us passa?

–No hi havia aigua! Quan... ell va ser aquí... els corrents estaven estancats!

–Expliqueu-vos més bé, princesa.

Diamant va mirar de tranquil·litzar-se i de dominar el caòtic flux de pensaments que li bullien a la ment.

–Poc abans de l'arribada de Robí Blau, un esllavissament va obstruir el conducte que canalitza les aigües subterrànies dels Gorgs Multicolors. No vam poder netejar el passatge fins al vespre de l'endemà. Aquell dia, no s'hi va poder banyar ningú, als gorgs... per tant...

–Robí Blau podria haver aprofitat que les aigües eren poc profundes i que l'indret estava desert per buscar l'estrofa.

Sequí es va limitar a sacsejar el cap.

–Per què esteu tan contrariat? –li va preguntar Helgi, que no volia passar per alt cap indici.

Va dubtar una mica fins que la mirada de la princesa el va obligar a parlar.

–La veritat és que a mi no em feia gaire el pes, aquell individu tan estrany, però quan us en vaig voler parlar, vós...

–Prou, Sequí! –va exclamar Diamant.

–Hi hauria d'haver insistit! Si ho hagués fet... ara no ens trobaríem en una situació tan desagradable. Estic tan disgustat...

–No va ser culpa vostra.

–I tant que sí, princesa! Un preceptor ha de saber ferse escoltar!

–Em va enganyar amb la seva cortesia! Semblava tan digne de confiança! Tot i així, encara em costa de creure que fos ell! –va dir Diamant, que difícilment admetia que s'havia equivocat.

Però el seu cor sabia que Sequí tenia raó i que havia estat una imprudència confiar en aquell jove estranger, beure's les seves paraules com si fossin un nèctar dolcíssim. I creure's les seves promeses.

–Sabeu si ja ha sortit del regne i on es dirigia? –li va preguntar Helgi.

Diamant va fer que no amb el cap. Robí li havia parlat de moltes terres diferents, de la seva prolongada recerca i...

–No ho sé.

–Potser encara és aquí! –va exclamar Sequí.

–No és gaire probable. Així que obté allò que busca, el príncep desapareix.

–Que desapareix? I on va? –va preguntar Diamant.

–No ho sé, princesa. L'únic que sé del cert és que l'estrofa que vós custodiàveu ja no és al seu amagatall i que ara el regne corre un gran perill.

Diamant es va cobrir el rostre amb les mans. Estava desmoralitzada pel robatori de l'estrofa, del qual se sentia responsable, i molt disgustada per la seva ingenuïtat, que l'havia empès a comportar-se com una criatura. El seu comportament no havia estat digne d'una princesa. Ella, que sempre havia pensat que era una sobirana perfecta, es veia obligada a reconèixer que encara n'havia d'aprendre molt.

Ho havia entès a costa de la pèrdua de l'objecte més important que custodiava el Regne de la Foscor. I ja no parlem dels seus sentiments més profunds.

–No us desanimeu, princesa. No és culpa vostra. El príncep és molt astut i ben capaç d'enganyar qualsevol persona –li va dir Helgi, per consolar-la–. Però encara el podem derrotar.

–Com?

Helgi no li va respondre, però li va posar una mà al cap i li va dedicar una mirada dolça i intensa.

La princesa va sentir que l'envaïa una sensació d'escalfor que l'asserenava i, sense dir res més, va dedicar una mirada plena d'agraïment al jardiner.

8
Una desaparició inexplicable

Havia estat una jornada llarga i esgotadora; així que Diamant es va retirar a les seves estances, va respirar l'aire familiar d'aquell espai i es va sentir reconfortada. Va entrar a la primera sala, que consistia en un rebedor amb una saleta, i es va deixar caure en una de les butaques. Eren de vellut vermell, disposades en semicercle al voltant d'una tauleta rectangular de pedra sobre la qual destacaven dues espelmes i un recipient de vidre que contenia un popurri que emanava una fragància d'espècies exòtiques. Les espècies provenien del Regne del Desert: eren un regal de Samah, la seva estimada germana.

Lentament, es va desfer els llaços de les sandàlies, fetes amb fils d'aram entreteixits que li arribaven fins a sota els genolls. Se les va treure i va posar els peus damunt la catifa que cobria el terra. Hi havia reproduïda una escena amb animals i plantes exuberants, i tenia una història molt especial: cadascuna de les princeses en tenia una de semblant, i Diamant recordava que, posades l'una al costat de l'altra, les catifes formaven un dibuix únic que representava tots els regnes.

A les plantes dels peus, hi va sentir l'escalfor de la llana sota la pell, després es va aixecar i va anar a l'estança del costat, més àmplia que la primera, on destacava un llum enorme que penjava del sostre com una joia preciosa. El componien una infinitat de cristalls que llançaven reflexos per tota la sala, que ballaven sobre les parets de pedra fosca, sobre el llit –també de pedra–, cobert de coixins de totes les tonalitats de groc i vermell; sobre l'antiga calaixera de fusta que provenia d'Arcàndida; sobre la gran prestatgeria de llibres que ocupava tot un pany de paret. Havia estat ella, Diamant, qui havia volgut un espai exclusiu per als llibres. Cada nit, abans d'anar a dormir, triava un volum i en llegia unes quantes pàgines. Li agradava viatjar de pensament a indrets sempre diferents. Però aquella nit estava massa cansada per llegir.

Es va dirigir a una obertura que hi havia a la dreta de l'estança: era una petita gruta on hi havia penjats tots els seus vestits. Es va treure el que duia posat i es va posar una fina camisa de dormir de seda de color taronja. Li agradaven els colors intensos, potser perquè al seu regne hi faltava el sol per il·luminar-ne els més tènues.

Es va acostar al tocador i va enfonsar les mans en una palangana d'aigua gelada. Es va rentar la cara i se la va eixugar amb una tovallola de lli que hi havia penjada al costat. Després, es va estirar al llit i es va adormir profundament.

–Diamant! Diamant, desperta't! –li cridava una veu que la va arrencar dels seus somnis.

Una noia que estava asseguda al llit de la princesa la sacsejava amb les seves manetes. Tenia els cabells pèl-rojos tallats com un patge, i uns ulls profunds de color blau marí.

–Safira! Què hi fas, aquí? –li va preguntar Diamant, que, quan va obrir els ulls, es va trobar al davant la filla de Sequí.

–Ha passat una cosa espantosa! Has de venir de seguida! –li va respondre la noia, molt agitada.

La princesa no va poder reprimir l'enuig que sentia.

–Però quina mala educació! Mira que entrar a la meva cambra sense ni tan sols trucar a la porta!

La veritat és que la princesa no sentia una especial simpatia per aquella noia que, com el seu pare, sempre era diligent, puntual, preparada i perfecta en tot. De vegades, li semblava que no era real. Per això Diamant sovint l'escridassava per coses sense importància, pel gust de demostrar-se a si mateixa que no existeixen les persones perfectes.

–Sisplau, anem! –va insistir Safira, amb expressió suplicant.

Diamant va clavar la mirada en aquells ullassos blau

marí, però no es va aixecar del llit. Al cap d'un moment, però, va reflexionar sobre tot el que havia passat el dia abans: les paraules de Helgi, els possibles perills que podien assetjar el regne... i es va alçar d'un bot.

Què més podia haver passat?

–Ja vinc, ja vinc! Para de gemegar i explica'm què ha passat!

–L'home que va arribar ahir, el jardiner d'Arcàndida...

–Sí, què?

–És que no sabem...

–Li ha passat alguna cosa? Digues!

–Ha desaparegut.

–Com que ha desaparegut?

–Aquest matí, el pare l'esperava davant de la seva estança per acompanyar-lo a la cuina de granit. Volia esmorzar amb ell, però el jardiner trigava molt a sortir. Per això ha trucat a la porta i, com que no contestava, hi ha entrat. Quan ha trobat el llit buit, ha donat l'alarma.

–Per què no m'heu avisat abans?

–Ens n'acabem d'adonar, Diamant, i jo he vingut corrents a dir-t'ho.

Era veritat: Safira era allà, tota angoixada, explicant-li el que havia passat. Però la princesa no li volia donar la satisfacció d'elogiar-la; en aquell moment, no.

–Espera't un moment, que em vesteixo.

Safira va sortir de l'estança amb pas lleuger i posat elegant, sense afegir res més.

Un pensament, esmolat com el tall d'un ganivet, va travessar la ment de la princesa. El príncep tenia la capacitat d'adoptar aspectes diferents. Per aquest motiu calia anar molt amb compte amb els desconeguts. I amb tots els forasters que es presentessin a la cort!

Però Helgi també era un foraster, no?!

Víctima d'una inquietud estranya, es va apressar a sortir de les seves estances i seguir Safira.

–Llavors és veritat? Ha desaparegut Helgi? –va preguntar a Sequí, quan van arribar a l'estança del jardiner.

La cambra era a l'ala est del palau reial, al costat oposat a les estances reials. Diamant es va demanar si no havia estat un error allotjar Helgi tan lluny d'ella. Si hagués dormit a l'estança contigua, potser Diamant hauria sentit alguna cosa.

Sequí no va trigar a respondre-li.

–Em fa por que els vostres temors tinguin fonament, princesa. No n'hi ha ni rastre, del senyor jardiner.

–No ha deixat cap nota?

El preceptor va fer que no amb el cap.

–El seu llit no està desfet, per tant, deduïm que no hi ha dormit.

–Comenceu la recerca, Sequí! El trobarem! –li va ordenar Diamant mentre provava d'allunyar del pensament pors i angoixes.

En el fons del cor, però, patia per la possibilitat que el Príncep sense Nom hagués segrestat el jardiner.

O, encara pitjor: que el jardiner fos el Príncep sense Nom.

9

Qui busca... troba?

Els habitants del Regne de la Foscor van regirar tots els racons, però ni tan sols els hàbils i experts talps de la guàrdia reial van aconseguir trobar Helgi. Semblava haver-se esfumat.

–No sé què pensar, de debò –va dir Diamant, aclofada en el seu tron de pedra–. Li pot haver passat qualsevol cosa. Potser s'ha perdut. O potser...

Sequí, dret al seu davant, li va respondre calmosament.

–Considero força improbable que un home experimentat i valent com Helgi es pugui perdre. Semblava molt segur del seu objectiu; per tant, dubto que s'aventurés en els giravolts més foscos del regne sense conèixer-ne el camí.

–I si resulta que tenia una destinació molt concreta?

–Qui pot conèixer la infinitat de cruïlles que hi ha a les grutes de la foscor? –li va recordar Sequí.

Era un dels grans problemes del regne de Diamant: generacions de cartògrafs i d'exploradors s'havien succeït en l'intent d'elaborar un mapa complet de les galeries, però semblava una tasca impossible i irrealitzable: cada any s'obrien galeries noves; les més antigues, s'esfondraven; la roca calcària creava noves columnes i torres de pedra; els rius subterranis canviaven de direcció...

El Regne de la Foscor era un regne en evolució constant. Era un indret obscur, sí, però molt semblant a un immens ésser vivent.

–Ningú –va respondre Diamant–. Vós què en penseu, Sequí?

El preceptor no li va respondre immediatament.

Diamant el va animar amb la mirada a parlar.

–Doncs que em fa por que no l'hagin segrestat.

–Segrestat?

–Sí.

–Però qui? Qui podria segrestar una persona al meu regne? A la meva cort? Al meu palau? Potser el Príncep sense Nom ja es troba entre nosaltres! Potser s'ha volgut venjar de Helgi perquè ha vingut a avisar-nos.

Sequí estava perplex. Aquella explicació no tenia solta ni volta. I no era pròpia d'ella. Diamant tenia un caràcter exuberant i un humor variable, amb molts alts i baixos, i tenia el cap ple de mil i un pensaments que, de vegades, eren totalment contradictoris.

El seu deure com a preceptor era, precisament, guiarli els pensaments, alinear-los seguint un fil més lògic i pràctic.

–Us prego que raoneu, altesa! Raoneu amb mi. Hem de reflexionar amb calma abans de treure'n conclusions precipitades.

~*~

Mentresant, el jove Hortensi, desconeixedor del drama que tenia lloc entre les parets del palau reial, es dedicava amb devoció a tenir cura de les hortalisses i els arbres fruiters dels Camps Herbosos. Ho feia cada matí i hi dedicava diverses hores. No era solament la seva feina: era una autèntica passió. Havia tingut la pensada de plantar una gran varietat d'hortalisses, de manera que la cort es pogués alimentar sempre amb verdura i fruita acabada de collir.

Aquell dia estava d'allò més preocupat, perquè els

naps havien agafat una malaltia molt greu que n'afectava les arrels i les feia marcir.

–I ara què faig? He provat tots els remeis que conec i cap no ha funcionat –es va dir en veu alta.

Al final, va decidir artigar la terra amb una aixada petita i, després, la va regar generosament i va tirar unes gotes d'adob líquid on va considerar que era necessari. Quan va acabar, es va eixugar el front, perlat de suor, i va contemplar la seva obra amb satisfacció. Després, va arrencar unes quantes arrels dolces ben gruixudes, uns quants enciams, un parell de quilos de patates vermelles i un parell de manats de pèsols nans per fer la minestra que agradava tant a la princesa Diamant. Veure-la amb aquella cara de felicitat davant del plat sempre l'omplia de satisfacció.

Quan va estar, ho va col·locar tot dins

d'un cove, se'l va carregar a l'esquena i es va encaminar cap al palau de Terra-rotunda, que era força lluny.

Caminava lentament, sense perdre el ritme, taral·lejant una cançoneta que li havia ensenyat Safira. Ella en sabia moltes, perquè era música. Tocava el piano molt bé i sovint componia ella mateixa alguna melodia que després li feia escoltar.

A Hortensi li fascinava la música i pensava que Safira era molt afortunada per posseir allò que ell anomenava «el do musical».

Val a dir que ell també tenia un do: un talent natural per a la botànica i per al cultiu de plantes de tota mena.

Capficat en els seus pensaments, Hortensi no es va adonar que al paviment de la galeria, a unes quantes dotzenes de metres davant seu, hi havia una cosa. S'hi va haver d'acostar més per adonar-se que es tractava d'un home que estava estès a terra.

–Per mil pastanagues gegants!

Va deixar el cove de les hortalisses i es va acostar a aquell cos amb cautela.

A la llum de la torxa, va veure que l'home duia una roba molt feixuga: mantell, botes i pantalons de vellut.

Estava immòbil i no donava senyals de vida. El noi s'hi va atansar més i es va adonar que tenia una ferida al clatell.

–He de demanar ajuda! –va dir, mirant al seu voltant. Però no hi havia ningú a qui demanar-la.

Va tornar a mirar el desconegut. Estava a punt de tocar-li una espatlla quan, tot de sobte, es va moure i Hortensi va fer un salt enrere, espantat.

–Qui sou? –li va preguntar.

L'home va fer un altre gest. Provava d'aixecar el cap, però semblava que aquell moviment tan senzill li provoqués una fatiga increïble.

Al final, se'n va sortir, i Hortensi va sentir que una mirada profunda i inquisitiva el recorria de cap a peus.

L'home va provar de parlar, però de la boca només li sortien uns sons inconnexos.

–No us canseu. Vaig a buscar ajuda.

L'altre li va aferrar la màniga de la camisa per aturar-lo.

–Ai-gua –va murmurar.

–Oi tant! Que ximple! Aigua! De seguida! Beveu!

Hortensi va agafar la cantimplora que duia penjada al cinturó i l'hi va allargar. En veure que l'home tenia dificultats per moure's, el va ajudar a beure i li va mullar la cara per refrescar-lo.

El desconegut va esbossar un somriure.

Llavors, Hortensi el va observar bé: el jove tenia uns ulls blaus altius i lluminosos, els cabells daurats i un cos robust.

Però què hi feia allà a baix i en aquelles condicions, a més?

Era evident que no serviria de res preguntar-l'hi, perquè amb prou feines podia parlar; per això es va tornar a aixecar per anar cap a palau. Però aquell home el va retenir novament i, amb penes i treballs, es va aixecar.

Quan se'l va trobar cara a cara, Hortensi va comprovar que era molt més alt del que li havia semblat a primera vista. S'aguantava el cap amb una mà i amb l'altra es repenjava a la paret de roca de la galeria. Va alçar la mirada i li va dir:

–Em pots ajudar?

Llavors, va allargar un braç cap al noi, que el va entendre immediatament i se li va acostar, de manera que l'home l'hi pogués passar per una espatlla i s'hi repengés.

–Us portaré al palau de Terra-rotunda, la residència de la princesa Diamant. Allà sabran què fer per ajudar-vos.

Abans d'encaminar-se cap allà, es va carregar el cove ple a vessar d'hortalisses a l'altra espatlla; li costaria una mica més avançar sostenint dos pesos alhora, però no tenia alternativa.

Val a dir que, tot i que no es podia dir que Hortensi tingués una intel·ligència gaire aguda, era un noi molt forçut.

Així, pas rere pas, i amb moltes dificultats, tots dos es van dirigir a Terra-rotunda.

10

El temps corre

Mentre la princesa Diamant se sulfurava per la desaparició de Helgi, ignorant que Hortensi acompanyava a Terra-rotunda un altre hoste inesperat, a Arcàndida, l'ànim de tots els presents era cada vegada més trist i desconsolat.

Un encanteri potentíssim havia colpit tota la cort, que havia quedat empresonada dins d'un bloc de gel enorme.

La princesa Kalea no parava de comprovar el gruix i el color del gel, i es preguntava si se'n sortirien d'anul·lar l'efecte de la màgia i quan ho podrien fer. Contemplava la seva germana Nives, immòbil en aquella presó transparent, amb una sensació d'impotència i de profunda frustració. Només el Foc Fatal, custodiat en una cova secreta del Regne de la Foscor, podria trencar l'encanteri. Kalea havia de confiar en l'èxit d'aquesta solució.

Sabia que primer Gunnar i després Iara s'havien llançat al Fossat Enfervorit per anar al Regne de la Foscor. El primer, hi havia baixat per posar Diamant en guàrdia del perill del Príncep sense Nom; la seva germana, en canvi, s'havia posat en marxa per alliberar el poder del Foc Fatal.

Malgrat la tristesa que li oprimia el cor en veure la seva germana i tota la cort d'Arcàndida en aquelles condicions, Kalea no perdia l'esperança, tal com era característic de la seva personalitat. Tenia molt clar que la bondat, la rectitud i l'esforç sempre són recompensats. Per tant, estava convençuda que el problema de Nives es resoldria de la millor manera possible.

Va acariciar la superfície del gel, que cada vegada era més blau.

Això la tenia molt preocupada: què passaria si el gel perdia tota la transparència i es convertia en un gel perenne?

–I si també hi anéssim nosaltres, al Regne de la Foscor? –va dir una veu a l'esquena de la princesa.

Purotu, el germà adoptiu de la Princesa dels Coralls, havia entrat al saló sense que ella se n'adonés.

–Saps de sobres que no és possible! Ja hi ha anat Iara, hem de tenir paciència.

El noi no n'estava gaire convençut.

–I si necessita ajuda? Sóc fort i ràpid. Ja l'espavilaria, jo, aquest Príncep Malvat! –va dir donant un cop de puny en l'aire.

Kalea va somriure.

–Te'n rius? Jo parlo molt seriosament, que consti!

–No me'n riuria mai, de tu. En tot cas, somric, perquè em fa feliç veure que t'has convertit en un home. I creu-me, quan el Foc Fatal es posi en contacte amb aquesta presó de gel... doncs... no sé exactament què passarà. Però és important que hi siguem presents –va explicar Kalea, assenyalant el bloc glaçat que tenia al costat.

–Com és que sempre ets tan optimista, germaneta?

–És la meva manera de ser –li va respondre Kalea amb un somriure dolç.

–Doncs jo no tinc gota de paciència! Trobo a faltar el mar, la pesca, les immersions, els dofins... No puc continuar aquí, sense fer res!

–Doncs agafa un dels llops i vés a fer una cursa per la planura gelada! –li va proposar una tercera veu, que va treure el nas a l'estança.

Era Haldorr, el vell bibliotecari. S'estava dret, tot recte, al llindar de la porta, com un d'aquells ocells que dormen sobre una pota.

–Estic convençut que els altres llops et seguiran amb molt de gust. D'ençà que Gunnar se'n va anar d'Arcàndida que no fan cap mena d'activitat i segur que ho passen malament perquè estan habituats a fer unes curses molt llargues cada dia.

–Ho dieu de debò?

El vell bibliotecari va assentir.

–Un moment! No se'm menjaran, oi?

–Això, ja no t'ho puc assegurar –li va respondre fent l'ullet a Kalea–. Al capdavall, són llops...

Purotu va trigar menys d'un instant a rumiar-s'ho.

–M'hi arriscaré!

I, tot seguit, va sortir corrents de la sala.

–Agafa un mantell gruixut, que fa fred! –va provar de dir-li Kalea, però Purotu ja era massa lluny per sentir-la.

–És bo tenir tanta energia –va comentar Haldorr, poc després.

–Oi tant! –li va respondre Kalea donant un cop d'ull al bloc de gel–. Aviat els alliberarem. Oi que sí, Haldorr?

–Sí, segur que ens en sortirem.

–On és Samah?

–Veniu amb mi –li va respondre l'home, dirigint-se cap a l'escala.

Van pujar fins a l'últim pis del castell, on hi havia les golfes. Allà, van veure una porta oberta per on passava un vent gèlid. Hi van entrar arronsant les espatlles. Es van acostar a una finestra oberta de bat a bat i Haldorr va invitar Kalea a mirar enfora.

Quan la Princesa dels Coralls s'hi va abocar, va veure Samah, la Princesa del Desert, asseguda a la teulada, al costat de la finestra. Duia un mantell fosc, gruixut, i tocava una flauta petita.

Era la flauta que li havia regalat Darany, el músic de la cort de Jangalaliana, al llunyà Regne dels Boscos.

El vent era tan fort que Kalea s'hi va haver d'acostar més per poder sentir la trista melodia que tocava la seva germana.

La Princesa del Desert tenia els ulls closos, semblava com si la seva ment estigués de viatge per uns indrets remots. Potser parlava amb el vent, l'interrogava per obtenir la resposta que buscava sobre Nives, sobre Diamant, sobre el destí de la seva família. Per això Kalea també va cloure els ulls i va provar de seguir el vent, per retrobar els sons i el perfum de les seves adorades flors i, encara que només fos durant un instant, li va semblar sentir-los.

Quan va tornar a obrir els ulls, es va posar un dit a la boca i va fer un senyal a Haldorr perquè no digués res. Després, tots dos es van apartar de la finestra i van tornar al passadís.

11

L'arribada a Terra-rotunda

Hortensi i el foraster caminaven lentament al llarg de la galeria que menava al palau de Terra-rotunda.

Gunnar no tenia la més mínima idea de qui o què l'havia colpit, ni cs podia imaginar el motiu de l'agressió. No li havien robat res, per tant, aquell atac no tenia cap explicació.

Avançava arrapat al seu nou company de camí, mirant al voltant amb la sorpresa d'un explorador que es troba en un lloc desconegut. Al cap d'una estona, van trobar una galeria que tenia un sostre altíssim, excavat en una roca que semblava fràgil i dura alhora. S'hi respirava un aire càlid i dens, impregnat d'una forta olor de terra i sofre, tan aguda que sentia pessigolles al nas.

–Us fa mal alguna cosa? –li va preguntar de sobte Hortensi, preocupat pel pas fatigat del foraster.

Gunnar va assentir.

–Què?

–El cap –la parla li anava tornant a poc a poc.

–Ànims, que ja falta poc per arribar a palau! Au, va, repengeu-vos en mi.

–Gràcies, noi. Ets molt amable.

Hortensi va estar molt content de constatar que l'home parlava amb més facilitat: senyal que ja es trobava millor! Però, en aquell moment, es va adonar que no li havia preguntat el nom.

Ben segur que la princesa el renyaria. Ja s'imaginava les seves paraules: «Les coses no es fan així, Hortensi. Podria ser un lladre, un bandit, un estafador. Del nom d'una persona, se'n poden deduir moltes coses».

Llavors va fer el cor fort, es va aturar al bell mig d'una galeria i va dir al desconegut:

–Disculpeu-me per no haver-ho demanat fins ara, però... em podríeu dir el vostre nom?

L'home va arrufar el nas i, per un moment, Hortensi es va penedir d'haver-li fet aquella pregunta. Després li va respondre:

–Sóc jo qui s'ha de disculpar. No tinc per costum no

presentar-me. Potser el cop que he rebut m'ha ofuscat les bones maneres, a més dels pensaments. Em dic Gunnar i sóc el Príncep del Regne dels Gels.

–Vatua les mil pastanagues gegants! –va exclamar Hortensi, sorprès–. Sou un príncep? Un príncep de carn i ossos?

Hortensi, que era un noi humil i escrupolós, es va emocionar en descobrir la identitat d'aquell home i, tot seguit, es va preocupar per si no havia estat a l'altura de les circumstàncies. Però, al cap d'un moment, es va felicitar: al capdavall, havia salvat un príncep ferit. Déu n'hi do!

–Príncep Gunnar, em sap greu si...

–Què et sap greu, noi?

Hortensi no sabia què li sabia greu, però l'havien educat per demanar disculpes abans de presumir d'alguna cosa i era justament el que acabava de fer.

–M'has salvat la vida! –va dir Gunnar–. Estic en deute amb tu!

I com que ho havia dit un príncep, havia de ser veritat per força.

–Home, tant com això... –va balbucejar Hortensi–. Val més que fem cap a la cort, i de pressa! Vull dir, tan de pressa com vós pugueu caminar! –va afegir.

Un príncep! Hortensi no se'n sabia avenir: havia salvat un príncep!

Encara van caminar una hora més abans no van arribar a una de les entrades del palau de Terra-rotunda. Quan va ser al davant, el Príncep dels Gels no va poder contenir la seva profunda admiració. I, per admirar més de prop aquella obra mestra de pedra esculpida, es va arriscar a fer unes quantes passes sense l'ajuda d'Hortensi.

–Quina meravella! –va dir, contemplant el portal que tancava la galeria.

Era de pedra, amb una porta de batents dobles decorada amb uns baixos relleus que representaven dos arbres esplèndids amb tot d'animals meravellosos posats en les seves branques. Per damunt, ressaltava una papallona ricament adornada. Gunnar no havia vist mai res semblant.

–Us agrada? –li va demanar Hortensi.

–És bellíssim –va murmurar Gunnar, observant-ho–. Qui ho ha esculpit?

–Cisellet Cor de Sílex, un escultor del regne que vaig conèixer personalment fa uns quants anys. Ara ja és molt vellet, però és un dels homes més savis del regne.

–Als altres regnes, si més no al meu, es diu que els habitants del Poble de la Foscor són persones reservades i coratjoses.

–Potser sí, però no és a mi a qui pertoca dir-ho. Anem, príncep! –el va animar Hortensi, una mica ansiós.

Llavors, Gunnar va assenyalar un número molt estrany que hi havia esculpit damunt de la porta de pedra: el número 3.

–Què significa aquest número? –li va preguntar.

–Terra-rotunda té dotze portes, cadascuna indicada amb un número. Nosaltres, com ja us podeu imaginar, ens trobem davant de la tercera.

–És a dir, que, si no ho he entès malament, el Regne de la Foscor el formen molts nivells diferents que, a poc a poc, s'acosten al palau reial, que és al bell mig. Una arquitectura ben enginyosa!

–Jo vaig trigar dos anys a treure'n l'entrellat! –va admetre el noi–. I, per ser sincer, és molt difícil orientar-se en aquest laberint de grutes i galeries.

Llavors, amb els braços, va formar en l'aire una gran rodona que descrivia Terra-rotunda.

Era el centre del regne.

Gunnar va traspassar la porta en companyia del seu nou amic, i va topar amb la mirada dels dos talps enormes que vigilaven l'entrada. Eren molt més grossos que els talps que ell havia vist abans. S'estaven drets damunt les potes posteriors, i cadascun subjectava una llança. Duien una gran faixa blanca guarnida amb un emblema. Quan s'hi va acostar més, Gunnar va reconèixer el

dibuix d'una papallona amb les ales desplegades en l'emblema. El mateix que havia vist al portal d'entrada. «Deu ser el símbol de Terra-rotunda», va pensar.

–Són els vostres guardians? –va preguntar a Hortensi, quan va sentir que els dos talps els cridaven l'alto.

–Sí, són els talps de la guàrdia reial –va replicar Hortensi–. Són molt primmirats i tenen una oïda i un olfacte finíssims. Tenen molt mal caràcter i sovint em toca barallar-m'hi. No us imagineu com en són, de susceptibles!

Per confirmar aquesta última frase, els dos guardians van creuar les armes, irritats.

Hortensi va sospirar i va anunciar l'hoste al talp més gros.

–Us presento el príncep Gunnar.

En sentir aquestes paraules, els guàrdies es van apartar per fer-li pas amb un gest cerimoniós.

–Gràcies! –va dir Gunnar quan passava pel costat dels guardians en direcció a la sala següent. Es va fixar que, de sobte, el sostre es tornava altíssim, i el nou tram de galeria era tan llarg que no se'n veia el final. Ara, una tarima platejada cobria el paviment i del sostre altíssim penjaven uns llums preciosos, baixos i amples, com uns medallons enormes.

–Benvingut a Terra-rotunda –es va limitar a dir Hortensi, abans d'enfilar pel passadís.

–Són ben originals, els vostres guardians!

–Sí. Tal com us deia, són un pèl susceptibles, però, com a talps que són, coneixen molt bé aquests paratges, des de la galeria més ampla fins al passadís més estret. Més ben dit: bona part del regne l'han construït ells, amb les seves potes!

Gunnar va seguir Hortensi fins a un ampli pati subterrani, on van trobar més talps, però aquests vestien amb senzillesa i carregaven uns sacs molt grossos a l'esquena.

–On van tan de pressa? –va demanar Gunnar.

–Als magatzems de granit.

–I què transporten en aquells sacs?

–Sal. Cinc nivells per sota del lloc on ens trobem comença la mina de sal més gran de tots els regnes!

–Sal...

–És la nostra riquesa: comerciem en sal amb tots els regnes, a canvi d'altres mercaderies.

–L'extreuen els talps?

–No! És una operació molt complicada que requereix molta traça. Però els talps són uns excavadors excel·lents i la seva contribució és fonamental en la primera part de les operacions: l'obertura de galeries. Després, l'extracció de debò la fan els habitants del Regne de la Foscor. Un cop feta, tornen a entrar en acció els talps per fer-ne el transport!

Gunnar, bocabadat, observava aquell vaivé. Tot era tan nou, allà a baix...

El món subterrani de Diamant era completament diferent de tot el que havia vist fins llavors: no havia conegut mai res semblant en la seva vida!

12
La trobada

–Aquí darrere, hi ha el saló del tron –va dir Hortensi, quan van arribar a una gran porta de pedra, també decorada amb baixos relleus, però més petita que la de l'entrada–. Hi entraré primer jo, per anunciar-vos.

Gunnar va tenir un sobresalt. Estava a punt de conèixer la princesa Diamant, la germana bessona de la seva dona.

Quan Hortensi hi va entrar, es va trobar Diamant asseguda al costat del tron, mirant un punt indefinit que tenia al davant. Li va semblar que estava molt pensativa.

–Ben trobada, princesa Diamant! –va exclamar el noi, amb veu aguda.

Ella es va tombar cap a ell i va esbossar un somriure.

–Benvingut, Hortensi. Veig que tornes dels camps... –va dir observant el cove que el noi encara duia a l'esquena.

–Sí, i he collit pèsols nans per a vós, princesa. Aquesta nit podreu gaudir de la vostra minestra preferida!

–Gràcies.

–Que no us trobeu bé? Sembleu preocupada...

–Sí, Hortensi. Ho estic. Ahir ens va arribar un hoste, un amic, que avui ha desaparegut misteriosament. El vas veure a l'entrada de la cuina, però no vaig tenir temps de presentar-te'l. Portava un barret i...

Hortensi ja no l'escoltava. Sentia una gran agitació: no recordava com era l'home que estava amb ella davant de la cuina. I es va demanar si era el mateix que ell havia trobat i auxiliat. Va reflexionar un instant. Però el príncep no portava capell. Potser l'havia perdut... Per tant, això significava que ell... havia trobat l'hoste perdut!

–Potser jo us podré ajudar! –va dir, tot content, i va sortir de l'estança per tornar-hi a entrar poc després amb Gunnar. Diamant el va observar amb una gran desconfiança.

–Qui sou vós? –li va preguntar en un to imperiós, posant-se dreta.

Hortensi la va mirar, desconsolat. Era evident que no era l'home que buscava la princesa.

Va abaixar la mirada i va esperar la inevitable esbroncada.

«Per què deu ser que mai no n'encerto ni una?», es va demanar.

–Em dic Gunnar i sóc el Príncep dels Gels –va dir l'home–. I ha estat gràcies al vostre fidel Hortensi que he pogut arribar al palau reial.

Diamant va fulminar amb la mirada Hortensi i a continuació va dir:

–Com us hi atreviu? No existeix cap Príncep dels Gels! Aquell regne, el governa Nives, la meva germana! –el va rebatre, segura, amb l'energia que li era pròpia.

–No us volia ofendre, princesa Diamant.

–Com sabeu el meu nom? Jo no us l'he dit! L'hi has dit tu, Hortensi?

–Doncs... jo... la veritat...

–No us enfadeu amb ell –va intervenir Gunnar–. Ha estat molt amable i atent amb mi. Em sap greu presentar-me a casa vostra així, sense haver avisat, però es tracta d'una emergència i...

Sense dignar-se a escoltar-lo, Diamant va fer un xiulet amb els llavis tancats. Del sostre fosc del saló, se'n van desenganxar quatre papallones enormes que van envoltar el foraster i el van bloquejar amb les ales. Immediatament després, va arribar un escamot de talps de la guàrdia reial que van amenaçar Gunnar amb les seves llargues llances.

El desconegut no va provar de resistir-s'hi.

–I ara em direu qui sou de debò –va insistir novament la princesa.

–Sóc Gunnar, Príncep dels Gels, el marit de Nives, la vostra germana bessona.

En sentir aquelles paraules, l'expressió dura que tenia pintada al rostre la princesa es va transformar en una ganyota de sorpresa.

–El marit? De Nives? Això no és possible!

–No tinc cap motiu per enganyar-vos.

Diamant el va estudiar, tal com feia amb les pedres precioses abans de decidir si les treballaria i de quina manera.

–Seieu i expliqueu-me quin motiu us ha portat fins aquí. Haureu de ser convincent, perquè encara no he decidit si us crec o no.

»Porta-li una gerra d'aigua, sisplau –va demanar a Hortensi, en adonar-se de les condicions precàries de l'home–. I també unes gases i nèctar de fong escurçó! –va afegir, en veure-li la ferida del cap.

En sentir la paraula *fong escurçó*, el Príncep dels Gels va tenir un sobresalt.

–No us preocupeu, que no és verinós. Ben al contrari: és un desinfectant molt potent.

Tots dos es van fer un somriure, durant un breu instant.

Però Diamant no podia deixar de preguntar-se qui era, de debò, el desconegut que estava assegut davant seu, i on era el jardiner d'Arcàndida.

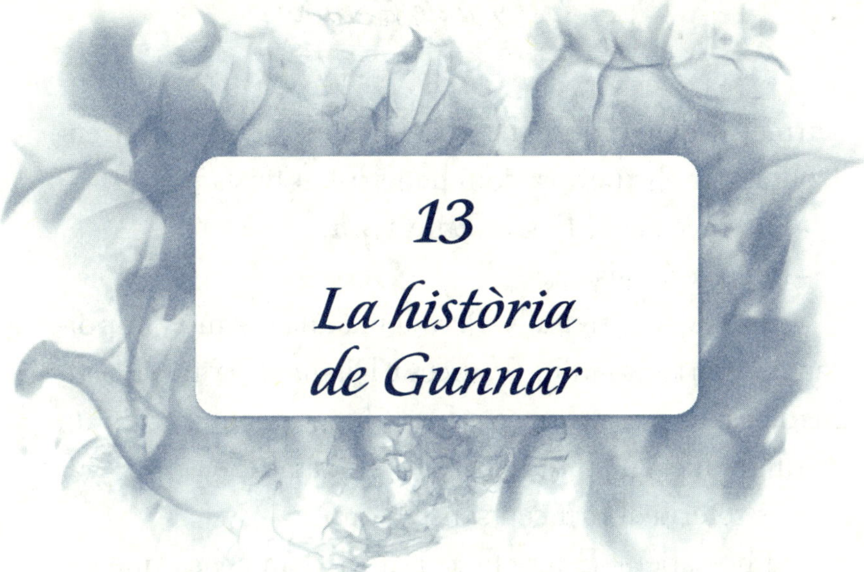

13

La història de Gunnar

Diamant i Gunnar estaven asseguts l'un davant de l'altre. Mentre esperaven que els portessin l'aigua i els remeis, ella va trencar el gel i es va posar a parlar de les seves germanes i la seva família.

Ell l'observava. La semblança amb Nives era increïble: com dues gotes d'aigua!

–És com si estigués assegut davant d'ella –li va dir de sobte, en veu alta, mirant-la amb aquells ulls tan límpids i clars.

Diamant va deixar de parlar, gairebé avergonyida per la intensitat d'aquella mirada.

–Expliqueu-me el motiu del vostre viatge. Si, tal com

afirmeu, veniu del Regne dels Gels, us deveu haver enfrontat a molts perills: com heu arribat fins aquí?

–He travessat el Fossat Enfervorit.

–I heu sobreviscut?

–Amb penes i treballs. Però tenia una raó molt important per arriscar-m'hi. Princesa Diamant, la meva estimada esposa, la meva cort i tot el meu regne corren un perill molt greu. I em temo que vós també.

–Us referiu al Príncep sense Nom?

–Ja ho sabeu? Esteu al corrent de l'amenaça que suposa aquest home per als Cinc Regnes?

–Malauradament, sí.

Gunnar es va aixecar, trasbalsat.

–Ja ha estat aquí?

–Potser.

–I la vostra estrofa? –Gunnar li va fer aquella pregunta amb tant d'ímpetu que va perdre l'equilibri i de poc que no cau a terra.

–Calmeu-vos, sisplau. L'agitació podria empitjorar la vostra situació. No he conegut el príncep, per fortuna. O, si més no, no l'he reconegut. Però n'he sentit a parlar i m'han informat de les seves... arts.

–Qui us n'ha parlat? –va preguntar Gunnar, seient.

–Ha estat Helgi, el vostre jardiner.

–Helgi? És aquí? A Arcàndida, el vam buscar pertot arreu sense èxit!

–Va arribar ahir. Ens va advertir dels plans del Príncep Malvat i ens va posar en guàrdia, però... era massa tard. Ja ens havien robat l'estrofa.

–No!

–Em sap greu, però és així.

–On és ara Helgi? El podeu fer venir?

Diamant va abaixar la mirada.

–Malauradament, no. Ha desaparegut sense deixar cap rastre. Aquest matí hem trobat la seva cambra buida.

Gunnar va estar a punt de perdre el coneixement.

–Parlem del mateix Helgi?

–No n'estic segura, príncep. Ja no estic segura de res. El dubte em rosega, estic molt neguitosa.

–Per què se n'ha anat, si acabava d'arribar?

–Jo crec que tenia un objectiu molt concret, o bé... O bé li ha passat alguna cosa.

Tots dos van restar en silenci uns instants.

–Parleu-me de la meva germana. Per què no em va avisar de les seves noces? –va dir Diamant.

–Tot va anar molt de pressa, i a més...

Gunnar li va dirigir una mirada desolada.

–Què li ha passat?

–És inútil que us ho amagui més temps. Nives i la resta de la cort han estat víctimes d'un encanteri del Príncep sense Nom, que els ha empresonat en un bloc de gel.

–Ai, no! No és possible!

Gunnar li va explicar el que havia passat, ometent els detalls més desagradables.

–I vós? –va demanar la princesa–. Com és que vós no hi vau quedar empresonat?

–Jo era de camí cap al Regne dels Coralls, per avisar Kalea del perill que corria la seva estrofa. Després, amb la vostra germana vam anar a Rocadocre i, des d'allà, al Regne dels Boscos.

–Quin viatge més llarg!

–Sí –va admetre Gunnar.

–Estan bé Kalea, Samah i Iara? Digueu-me que sí, us ho prego!

Gunnar va assentir.

–Elles, sí. M'imagino que ja són a Arcàndida, esperant notícies nostres.

–Entesos. I mentre vós recorríeu els Cinc Regnes, jo era aquí sota, desconeixedora de tot...

–Però ara ja no. Ara ja n'esteu al corrent. I em podeu ajudar molt.

–De quina manera?

–Hi ha un altre motiu que m'ha empès a baixar aquí, a banda de posar-vos en guàrdia. El gel en què està empresonada Nives i tota la cort és màgic, és el resultat d'un encanteri prohibit. A mesura que passen els dies es torna cada vegada més compacte, com la pedra. És com si aquell gel fos viu, m'enteneu? Però, en lloc d'envellir, amb el pas del temps s'endureix i perd lluentor. Es convertirà en una roca eterna. I llavors ja no serà possible fondre'l.

Diamant es va posar les mans a la cara.

–És terrible. I no hi ha cap remei per desfer l'encanteri?

–Sí que n'hi ha un, però és força complicat i no el podré posar en pràctica sense la vostra ajuda. Per això necessito que confieu en mi, que em cregueu... –va afirmar Gunnar, decidit.

La princesa va dubtar un instant.

Novament aquelles paraules: *Ajuda. Confiança. Necessito que em cregueu.* No havien passat gaires dies des que un altre home, més fascinant i encara més decidit que Gunnar, li havia dit les mateixes frases. I ella se les havia cregut.

El record de Robí Blau i la sensació d'haver estat ingènua i infantil eren dues coses que ara tenia molt presents al pensament.

Però Gunnar, tot i estar ferit, conservava tota l'energia i li transmetia decisió i coratge.

Al capdavall, no havia estat el mateix Helgi qui havia dit que només les princeses podien decidir qui deia mentides i qui deia la veritat? Que no eren elles, les cinc germanes, l'essència més pura dels Cinc Regnes?

Havia de prendre una decisió per força. I, conscient que s'arriscava a cometre una equivocació, tal com feia sovint, va decidir creure-se'l.

–Et crec, príncep Gunnar. Digue'm què necessites i t'ajudaré. Però procura que no me n'hagi de penedir, sisplau.

El to de la seva veu s'havia tornat més familiar.

Ell va fer una ombra de somriure.

–La rapidesa amb què prens les decisions em fa pensar en la teva germana.

Diamant no va replicar.

En aquell moment, va tornar Hortensi amb una safata plena a vessar amb tot el que la princesa li havia ordenat que portés. Va servir l'aigua a Gunnar, que se la va beure àvidament. Després, Diamant va agafar les gases fines de lli i les va xopar amb nèctar de fong escurçó, una crema densa de color de terra que feia una olor acre que recordava la molsa de bosc molla. Va curar la ferida de Gunnar amb molta delicadesa.

Ell no es va moure ni va gemegar. «És un home fort», va pensar la princesa. Fort i vigorós.

Quan va acabar, va demanar a Hortensi que es retirés, i va reprendre la conversa en el punt en què els havia interromput.

–Parlàvem del que necessiteu per combatre el gel...

–L'única solució és alliberar les flames de la Cova del Foc Fatal!

Diamant va fer uns ulls com unes taronges.

–Ho dius de debò? És la força de la natura més salvatge que existeix al regne i no se sap què podria arribar a passar si en perdéssim el control.

–Ens hi haurem d'arriscar. És possible que el Foc sigui l'únic mitjà per salvar Nives i la cort de la presó de gel. I tu... ets l'única persona que el pot dominar.

«Com el Mestre dels Corrents Obscurs», va pensar la princesa. Ell controlava l'aigua. Ella hauria de controlar el foc. Allò l'espantava. El seu pare li havia explicat tot el que calia de la Cova del Foc Fatal, sense ocultar-li la perillositat d'aquell indret.

–Cal superar unes proves, per poder-hi arribar –i va afegir–: i té guardians.

–Però amb la teva ajuda no serà tan difícil.

Diamant va sacsejar el cap. Tot passava massa de pressa. Primer, l'arribada de Robí i les seves promeses. Després, la història de Helgi, el descobriment del robatori de l'estrofa i els retrets del Mestre dels Corrents. Ara, la notícia de Nives i del perillós viatge del seu marit.

Diamant s'havia queixat sempre de la immobilitat del seu regne i de la infinitat de temps que tenia a la seva disposició, del subtil avorriment que sentia perquè només podia córrer aventures extraordinàries llegint llibres (cosa que li encantava), però ara... ara descobria que l'acció, la de debò, l'aterria i la irritava molt més que estar-se a palau sense tenir res a fer!

I a més, va reflexionar, què se'n faria, del Foc Fatal, un cop hagués fos el bloc de gel?

Gunnar va interrompre els seus pensaments:

–Puc saber què rumies?

Diamant li va mirar els ulls fixament:

–Que ja és hora que vagis a descansar. Espera que la medicació et faci efecte: estàs extenuat i en aquestes condicions series de molt poca utilitat. Demanaré que t'acompanyin a una de les estances per als invitats.

«Però aquesta vegada triaré la que estigui més a prop de la meva», va pensar.

–Així que et despertis, ens organitzarem per portar a terme la nostra, diguem-ne, missió.

14

Les joies de Diamant

Gunnar no va dormir gaires hores, però quan es va despertar havia recuperat les forces. Va sortir de l'estança on l'havien acompanyat i se'n va anar a fer un tomb pel palau de Terra-rotunda.

Era un edifici molt interessant, un laberint de passadissos i sales amb sostres de volta que il·luminaven uns llums somorts i groguencs. Tot l'espai estava immers en una atmosfera tèbia, però, de vegades, el recorrien uns sobtats corrents d'aire més càlids i, de fons, se sentia una constant remor d'aigua. Brollava de les parets o dels paviments, que semblaven de cristall, i, a la llum de les torxes, creava uns jocs d'allò més suggestius.

Tot caminant, Gunnar es va trobar davant d'una porta ajustada. Per l'escletxa, s'hi filtrava un càntic suau; gairebé de seguida va reconèixer el timbre de veu de la princesa Diamant i es va encuriosir.

Es va quedar escoltant fins que va acabar la cançó. Després, va obrir la porta de pedra i va mirar a l'interior. Era una sala gran, però acollidora. Al centre, hi havia una taula rectangular amb unes teles al damunt. A sobre hi brillaven dotzenes de pedres de totes les formes, colors i dimensions. A les parets, hi havia penjats dibuixos de joies de tota mena.

Diamant estava asseguda a la taula. Al davant, hi tenia una gran lent articulada amb un braç de llautó; en una mà, hi tenia un cisellet i en l'altra, una pedra. A l'esquerra, hi havia un bol petit ple d'aigua i una espelma.

–Que et destorbo? –va demanar Gunnar en veu baixa.

–Ja t'has llevat? –li va preguntar Diamant, aixecant-se la diadema de llautó que subjectava la lupa de joier.

–Sí, ja em trobo millor. El teu ungüent és miraculós.

–El verí mata, el verí cura –va replicar Diamant.

Gunnar va observar les gemmes que centellejaven a les mans de la princesa.

–Així que tu treballes amb pedres precioses?

–És la meva gran passió des que visc al Regne de la Foscor. Al començament, trobava diamants en brut pertot arreu, escampats per terra, i pensava: «No costaria gaire fer-los resplendir, però hauria d'aprendre a tallar-los». I m'hi vaig esforçar de valent. Vaig estudiar, durant molts mesos vaig observar com treballaven els hàbils artesans del Poble de la Foscor i, al final, en vaig aprendre. Vine!

Gunnar es va acostar a la taula.

–Fixa-t'hi: això és quars rosa en brut. Sembla una pedra, oi? –li va dir Diamant, referint-se a una pedreta que tenia a la mà.

El príncep va assentir.

–Fixa't en aquesta, ara –va dir la princesa, mostrant-n'hi una altra que resplendia a la llum de l'espelma–. És de la mateixa mena, però ja està tallada.

–La diferència és notable.

–He tret a la superfície el que la pedra amagava a dins.

–La teva activitat em fascina.

–Encara n'he d'aprendre molt, però Sequí, el meu preceptor, afirma que quan treballes amb passió tot és molt més fàcil –va respondre Diamant–. I tu, príncep, tens cap passió? Alguna cosa que et faci brillar d'alegria els ulls?

Gunnar va reflexionar uns instants i després va dir:

–Sí. Es diu Nives i tu la coneixes prou bé. Però és una història molt llarga.

–Tens raó. Perdona.

–Tranquil·la, no passa res. Mira, Diamant, jo...

–No diguis res més. Et comprenc. Sents el cor feixuc. És difícil explicar-ho amb paraules.

Diamant va apagar l'espelma amb una bufada.

–Hem de posar fil a l'agulla. Segueix-me.

Diamant es va acostar a una paret i, així que la va tocar, una papallona blanca es va separar de la roca. Gunnar no l'havia vist fins en aquell moment.

–Reuneix tothom al saló del tron, sisplau –li va demanar Diamant.

L'enorme insecte va desplegar les ales i va sortir per la porta com un núvol empès pel vent.

–Ja has decidit què faràs? –va preguntar Gunnar.

–Una petita expedició, per guiar-te a la Cova –va respondre la princesa.

–Qui vindrà amb mi?

–Amb nosaltres, deus voler dir.

–No m'esperava tant.

–D'aquí a poca estona ho sabràs. Però abans hem de demanar consell a Sequí i al Mestre dels Corrents Obscurs, que és l'home més savi del Poble de la Foscor. Ningú no ha alliberat el Foc Fatal abans d'ara. I no sé quina és la millor manera de fer-ho –va explicar Diamant.

Es van encaminar cap a una sala de quars violeta. Els reflexos dels prismes de pedra els descomponien la imatge i la distorsionaven.

–Encara no t'he dit una cosa molt important, princesa. Té a veure amb la meva ferida.

–Parla, doncs.

–Caminava per una de les galeries del teu regne, quan vaig sentir un soroll al darrere i, tot seguit, em van donar un cop que em va estabornir. No vaig tenir temps de veure qui m'havia agredit. Des d'aquell moment i fins que Hortensi em va trobar, no recordo res.

Diamant va fer que sí amb el cap, preocupada.

–És per això que he decidit venir amb tu, per allunyar-me de la cort. Fins ara no havíem tingut cap enemic, cap perill que ens fes témer pel regne, però últimament n'han sorgit pertot arreu. Ja no és segur que em quedi a palau. De totes maneres, enviaré uns quants talps de la guàrdia reial a comprovar que les galeries siguin segures.

Havent dit això, van anar cap al saló del tron.

I va ser justament allà que Gunnar va trobar una persona a la qual no s'hauria imaginat mai que trobaria.

15
Una arribada turbulenta

El descens pel Fossat Enfervorit no va ser ben bé com se l'esperava Iara.

Quan es va llançar del pont llevadís, es va imaginar que cauria a una gran velocitat, com una pedra llançada en un remolí, i que perdria embranzida progressivament, a mesura que s'acostés al fons.

Això era el que s'esperava.

En canvi, el descens va començar a una gran velocitat, cosa que va divertir molt aquella princesa tan atrevida, però, després, al cap d'unes quantes dotzenes de metres de caiguda lliure, el seu cos va començar a flotar com un globus, el camí que recorria va canviar de direcció i es va desviar de la ruta vertical. Va trigar molta més estona del que havia previst, abans de tornar a sentir la terra sota els peus, una infinitat de temps, cosa lògica perquè el Regne de la Foscor no estava exactament sota Arcàndida, sinó molt més avall.

Iara va fer el possible per agafar més velocitat, però no hi va haver manera.

–Per què es devien inventar un sistema màgic tan estrambòtic? –es va preguntar en veu alta.

Després es va respondre a si mateixa que potser s'havia queixat massa durant la baixada i el fossat s'havia sentit ofès.

–Ja m'està bé! –va exclamar, rient, mentre es feia un massatge a la cuixa adolorida. Al capdavall, ja hi estava acostumada, a les caigudes.

Va recollir l'arc i les fletxes i va mirar al seu voltant.

–Ai, caram! Quin lloc més tenebrós! És més fosc que el bosc en plena nit –va comentar.

Necessitava un foc.

Va agafar una fletxa i la va recolzar a terra. Va ensumar l'aire. Va fer uns quants passos i després es va encaminar en la direcció contrària.

–Foc, foc, foc...

Va arribar a un indret on va sentir una olor familiar.

Sofre. Va palpar la consistència de la roca: porosa. Però, més avall, va notar uns relleus aspres: cristalls. Minúsculs cristalls de pirita. Va provar d'arrencar-ne amb la punta de la fletxa, però no se'n va sortir; llavors, va trencar la fletxa i es va posar a fregar la punta metàl·lica contra el mineral. Al cap d'uns segons, el fregadís va produir les primeres guspires.

Va arrencar un tros del lligat de palla del buirac i l'hi va acostar perquè prenguessin les primeres flames. Després, va encendre l'asta d'una fletxa.

Gràcies a aquella torxa improvisada, Iara va poder avançar per la foscor d'aquella galeria, amb cautela, però sense por.

Va passar la flama d'una asta a una altra i va fer malbé quatre fletxes abans de trobar, per terra, una torxa apagada.

–Això sí que és un cop de sort! –va murmurar, recollint-la.

Va deixar que la flameta prengués, després la va alçar per damunt del seu cap i va mirar al voltant.

–Mmm... encara és més lleig del que em pensava!

Amb fermesa, es va posar en marxa, decidida a trobar la Cova del Foc Fatal a qualsevol preu.

~*~

Mentrestant, al saló del tron de Terra-rotunda, tenia lloc un fet realment inesperat.

Gunnar, incrèdul, fitava el seu enemic jurat.

Calengol.

–Què hi fa, aquí? –va preguntar el príncep, amb la veu alterada.

L'expressió furibunda de Gunnar va torbar profundament Diamant, però la princesa va provar de dissimular-ho.

–Que us coneixeu?

–Sí, malauradament per a ell –va esbufegar l'elf dels gels.

–Què hi fa, aquí, aquest individu, princesa?! –va preguntar gairebé cridant Gunnar.

–Fa un temps que és amb nosaltres. El vam trobar ferit i mort de gana a la base del Fossat Enfervorit. El vam curar i ell, per agraïment... Des de llavors ha fet molts serveis a la cort i...

–Com s'entén que l'hàgiu acollit? No teniu ni idea de qui és!

L'elf va tornar a esbufegar, com un gat espantat.

–No, príncep, jo... no... ens va semblar que era tan... amable... –Diamant no va poder evitar tornar-se a sentir com una ingènua.

–Ell... –va explicar Gunnar assenyalant aquell ésser–. Calengol va provar de segrestar Nives, la teva germana, i de matar-me a mi. És un aliat del Príncep sense Nom!

En sentir aquelles paraules, Calengol es va fer enrere i va arronsar les espatlles amb l'actitud típica del culpable.

–És veritat això que diu Gunnar? De debò que vau provar de segrestar la meva germana?

L'ésser va fer que sí amb el cap.

–Com us heu atrevit a acceptar la meva hospitalitat, els meus favors, després de fer aquesta barbaritat? Sou indigne! Jo confiava en vós! –Diamant estava confosa i enrabiada.

Calengol estava en silenci, amb el cap cot.

Després va xiuxiuejar:

–Vaig venir a advertir-vos, però em sembla que no ha servit de res.

–Fes-lo tancar, Diamant –va proposar Gunnar, ignorant-lo–. Et recordo que ets la còpia exacta de la teva germana, i si va provar de segrestar-la a ella...

Diamant no donava crèdit a les seves orelles.

Era ell l'espia enemic infiltrat a la cort?

–Per què vau venir, Calengol? –va cridar–. De què em volíeu advertir?

–De l'arribada del príncep... –va respondre Calengol.

En aquell moment, l'elf dels gels es va acostar a Gunnar, però, en lloc de llançar-li mirades d'odi, tal com s'hauria esperat, li va dir:

–He vingut a confessar que us vaig ferir per equivocació. Us prego que em perdoneu, perquè vaig ser jo qui us va fer mal.

–Tu? –va dir Gunnar.

–Em pensava que éreu un intrús. Em pensava que éreu... ell –va afegir Calengol.

El vostre amic –va exclamar el príncep.

–No és amic meu –va respondre l'elf.

–Ho va ser –va insistir Gunnar.

–Em va enganyar. Enganyar i trair. El Príncep sense Nom no és amic meu.

–Fora! Us expulso del meu regne! –va cridar la princesa.

Després, incapaç de resistir tanta tensió, es va refugiar entre els braços de Sequí. El preceptor, visiblement incòmode per la situació, va provar de consolar la desesperació de la princesa, i després va observar Calengol amb ulls compassius. Era un home de tarannà dòcil, que sempre creia en les bones intencions de les persones i tendia a donar segones oportunitats a tothom. Però, en aquell cas, el príncep Gunnar tenia raó. Amb un gest, va cridar els guàrdies.

Els ulls de Calengol tenien una expressió trista.

–Volia protegir la princesa Diamant i la seva cort. Jo... he canviat, Gunnar. Encara que no em vulgueu creure.

Per tota resposta, Gunnar va desembeinar l'espasa.

En aquell mateix moment, un escamot de talps de la guàrdia reial va entrar al saló del tron i es va dirigir cap a Calengol. L'ésser va mirar a un costat i a un altre: estava acorralat.

La seva antiga agilitat de lladre li va fer contreure els músculs. En un instant, Calengol va fer un salt prodigiós, es va ficar per una obertura del sostre, i d'allà, per un conducte, es va allunyar ràpidament.

–De pressa! On va a parar aquest conducte? –va exclamar Gunnar–. L'hem d'atrapar!

Diamant estrenyia les mans del seu preceptor. Tants crits! La fugida! Els complots! Les traïcions! No era el seu regne. Ja no era el tranquil i plàcid Regne de la Foscor on havia crescut.

16
La princesa perduda

Ja feia hores que Iara rondava per les coves, sense saber quina direcció havia d'agafar. Tot i estar avesada a orientar-se en boscos frondosos, allà sota era una altra història i, a més, no hi havia punts de referència.

Totes les galeries li semblaven iguals, i malgrat que s'esforçava a seguir les que feien baixada, perquè sabia que el palau reial es trobava a les profunditats, o les més caloroses, perquè s'imaginava que a la cova que buscava hi havia un foc roent, no trobava el camí bo. Va passar per unes grutes estretíssimes, per passarel·les de pedra on bufava un vent solitari, empresonat, com ella, al subsòl. Va sentir remor d'aigua. Un degotall de gotes gelades que queien en la foscor.

Els passadissos comunicaven entre si uns espais molt diferents. Iara va travessar cavernes altíssimes i altres de més recollides. N'hi havia que resplendien amb una llum gens natural, d'un color blau fosc intens, i d'immerses en la foscor. En unes, hi creixien unes falgueres blanques gegantines, amb les fulles peloses, i unes altres tenien les parets recobertes de dotzenes de bolets de colors diferents, enormes i delicats.

Va sentir fregadissos, carrisquejos, brunzits, piuladissa intensa i fins i tot el batec del que podien ser les aletes d'una manta enorme. Va veure com aquests animals tan extraordinaris, que s'assemblaven als peixos abissals, circulaven per l'aire immòbil de les galeries en eixams, o bancs, o estols... No existia una paraula exacta per descriure'ls!

Però no havia topat amb cap habitant del regne.

Com si en aquell món subterrani no hi visqués cap ésser humà.

La seva torxa s'havia apagat, tot i que, afortunadament, ara les galeries estaven il·luminades amb unes pedres resplendents que semblaven respirar la llum, amb un ritme lent i regular.

–I ara, què? –es va preguntar davant de l'enèsima cruïlla. Totes dues galeries descendien. I totes dues semblaven càlides.

La Princesa dels Boscos no sabia per on tirar.

Va provar de concentrar-se, va ensumar l'aire, com feia als boscos, però allà no hi havia cap olor que la pogués guiar. L'única solució era tancar els ulls i deixar-se guiar per l'instint.

Va agafar la galeria de la dreta i va creuar els dits desitjant haver pres la decisió encertada. Quan es va trobar davant de la cruïlla següent, va fer el mateix. Només va obrir els ulls quan es va sentir empresonada. Havia entrat en una gruta completament coberta de teranyines. Va sentir les potes d'una aranya gegant que es movien damunt del seu cap i va fer un crit.

Va cridar amb totes les seves forces, va fer un bot enrere i va arrencar a córrer cames ajudeu-me allunyant-se d'aquell cau.

–No tornaré a seguir l'instint! Mai més! –cridava, sense deixar de córrer.

Va tornar a la cruïlla i va enfilar l'altre

camí, però després s'ho va repensar, va recular encara més, a la cruïlla precedent, i allà va canviar de direcció. No es va aturar fins que no li va semblar que havia posat una distància abismal entre ella i les teranyines.

No li havia passat pel cap que viatjar sola pel Regne de la Foscor podia ser tan perillós!

I era pràcticament impossible no perdre's!

Es va asseure a l'herba per rumiar què havia de fer.

A l'herba?

Herba?!

Es va quedar bocabadada quan va observar millor el lloc on es trobava.

Com podia ser que un prat d'herba fosca pogués créixer allà sota, sense la llum del sol? Va alçar la mirada: el sostre de pedra estava entatxonat de petits fragments de gemmes que el feien resplendir com una volta estelada. Les gemmes produïen una llum molt especial, intensa i multicolor, que es difonia uniformement tot al voltant.

Iara es va aixecar per observar aquell espai.

–Quina meravella! –va exclamar en adonar-se que l'envoltava una gran extensió de camps cultivats.

I això significava que algú els havia cultivat!

Es va quedar contemplant aquell espectacle uns quants

minuts, abans de reprendre el camí. Estava convençuda que trobaria algú de seguida. Entremig dels camps, hi havia un caminoi estret que Iara va seguir sense vacil·lar: la idea d'estar a prop d'un lloc habitat li va infondre energies noves. Caminava xiulant fins que, al fons de la cova, va veure allò que esperava veure des que havia començat el viatge: una enorme i massissa porta tancada.

–Ja hi sóc! –va exclamar tota contenta, convençuda que allò era la porta del palau reial.

Si més no, allà vivia Diamant. Preguntaria a Diamant on es trobaven les flames fatals i...

–Per què en deuen dir «fatals»? –va exclamar en veu alta, seguint el fil dels seus pensaments–. És un nom ben macabre per a unes flametes!

Va arrencar a córrer, però a mitja correguda alguna cosa la va aferrar i la va aixecar pels aires i, en menys d'un instant, es va trobar mirant el món de cap per avall, empresonada dins d'una xarxa.

–Ai, no! –va cridar Iara, bellugant-se com un animal engabiat. Però, com més es bellugava, més l'estrenyia la xarxa.

Va decidir calmar-se i provar de raonar. D'on penjava? I per què?

I qui eren aquells talps tan lletjots vestits de guardians que se li acostaven amb les llances al puny?

–Què feu? És un malentès! Abaixeu les llances! –va protestar la princesa.

Els talps s'hi van acostar amb expressió hostil.

–Que no m'heu sentit? És un malentès! Baixeu-me!

La van burxar amb la punta d'una llança.

–Ai! –va gemegar Iara.

Els talps van continuar en silenci.

La princesa va decidir canviar de tàctica.

–Salut, guardians! –va dir amb un somriure—. Em dic Iara, sóc la Princesa del Regne dels Boscos. He vingut a veure la princesa Diamant, que és la meva germana.

En sentir aquelles paraules, els talps van parlar entre si, proferint uns xisclets dèbils. Un d'ells es va acostar a Iara i la va mirar de prop. Després, la va ensumar i va tornar al seu lloc.

Llavors, tots alhora van picar a terra amb els pals de les llances, la xarxa es va obrir i Iara va rodolar entremig de les hortalisses.

–Punyefla! Avui és el dia de les caigudes! –va protestar.

Els talps la van escortar fins a la porta tancada. Amb les llances, van picar a terra tres vegades i, com per art de màgia, la porta de pedra es va obrir de bat a bat fent un gran terrabastall.

Més enllà, s'estenia una galeria gran i lluminosa, coberta amb una estora de tela verda.

Com totes les altres galeries, també estava deserta.

Dos talps van fer una lleu inclinació a la princesa i es van apartar per deixar-la entrar. Els altres quatre li van fer d'escorta.

–Moltes gràcies –va dir Iara als que s'havien quedat fora, i va seguir els altres.

Del sostre de la galeria, més alt que els anteriors, en penjaven uns llums de ferro circulars que semblaven unes corones grandioses, i al damunt, hi cremaven espelmes perfumades. Iara no va poder identificar aquella fragància tan dolça, però la va trobar agradable.

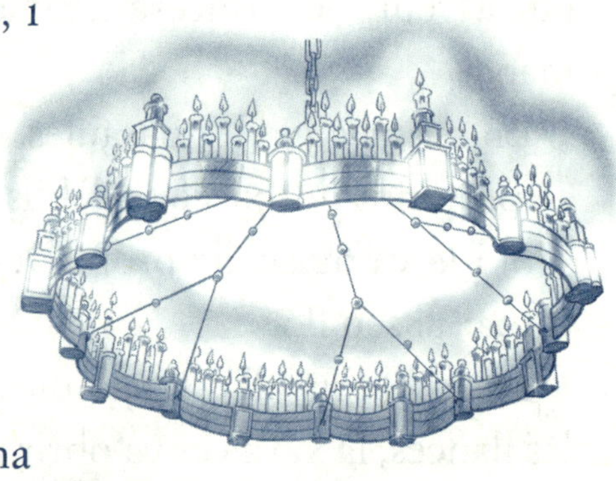

Va avançar fins a una gran sala circular on hi havia més portes: les unes tancades, les altres ajustades. Al centre de la sala, es veia una gran estela de pedra que semblava un menhir.

Quan va estar més a prop, Iara va veure que la pedra estava decorada i semblava antiga.

Hi havia pintades escenes de caça, animals gegantins, estels fugaços i un poble que ja no existia.

–Alto! Qui hi ha?! –va exclamar una veu que semblava més espantada que amenaçadora.

Era una veu femenina.

17

Una amiga nova

D'una de les portes ajustades, en va sortir una noia que devia tenir la seva edat, si fa no fa.

Tenia els cabells pèl-rojos brillants, tallats com un patge, i uns ullassos blaus. El vestit de seda blau clar que duia cenyit a la cintura li arribava fins als peus. Portava unes sandàlies de cuir i aram lligades als turmells. Els braços li penjaven al costat dels malucs i la contemplava, immòbil.

–Qui sou? Qui us ha deixat entrar? –li va tornar a preguntar, dirigint la mirada als talps de la guàrdia reial.

Ells, com si haguessin entregat una comanda, es van retirar.

Iara va fer uns quants passos i va decidir presentar-se d'una manera informal, com hauria fet amb una amiga:

–Em dic Iara, sóc la germana de la princesa Diamant.

La noia va fer uns ulls com unes taronges i va provar de dir alguna cosa que li va quedar encallada als llavis.

Havien arribat molts forasters els últims dies. Més dels que havia vist en tot l'any. I el seu pare l'havia advertit que no confiés en persones que podien ser perilloses.

Però aquella noia no ho semblava.

Van arribar dues papallones blanques que Iara va contemplar extasiada. N'havia sentit a parlar, però no s'imaginava una cosa tan tendra com aquella. La noia va fer un gest i les papallones van volar cap a Iara i la van envoltar amb la seva resplendor blanca. Semblaven sortides d'un somni, d'una faula. Desplegaven i plegaven les ales, tot agitant l'aire de l'entorn. Els seus moviments vellutats tenien una gràcia infinita.

–Ha, ha, ha! –va riure–. Quietes! Que em feu pessigolles!

La noia les va cridar i Iara es va tornar a centrar en el que estava passant. Semblava que la visió de les papallones l'havia tranquil·litzat.

–Em dic Safira, sóc la filla de Sequí, el preceptor de la princesa Diamant. Estic molt contenta de donar-vos la benvinguda al palau de Terra-rotunda, princesa Iara.

Havent dit això, va fer una petita inclinació.

–Gràcies, Safira. Són teves... aquestes papallones tan meravelloses?

–No, les Papallones d'Ales Vellutades són les millors amigues de la princesa. La segueixen i la protegeixen de qualsevol perill, que perceben amb les seves sensibilíssimes antenes. Només temen una cosa: la por.

–Dues papallones blanques? –va dir Iara, riallera–. I què hi fan, aquí?

–N'hi ha moltes més! –va dir la noia.

–De debò? Quantes? –va preguntar la princesa.

–No se sap del cert. Mil, potser? –va respondre Safira.

–Mil papallones blanques? –es va sorprendre Iara.

–Tenen una vida molt breu, però sempre en neixen de noves –va explicar Safira.

–Mil papallones... En té cap de preferida, Diamant?

–No, no. No seria just. Per a ella, totes són iguals i se les estima totes de la mateixa manera.

–La meva germaneta és molt bona –va respondre Iara, pensant que si hagués viscut a Jangalaliana amb més d'una Lalima, segur que n'hauria tingut una de preferida–. Saps on és, ara? La voldria... mmm... saludar!

–Us hi acompanyaré amb molt de gust. Seguiu-me –va respondre Safira amb una gentilesa infinita.

Es va acostar a una porta i la va empènyer amb força. Iara es va adonar que li costava obrir-la i la va ajudar.

–Com és que són tan pesants, les portes d'aquest regne?

–Mireu, princesa...

–Em pots dir Iara. Tenim gairebé la mateixa edat i no m'agraden gens aquestes burrades... aquestes formalitats, vull dir... –va afegir amb un gran somriure.

–Com vulguis, Iara. D'això de les portes: el Regne de la Foscor, i també el palau de Terra-rotunda, el recorren uns corrents d'aire molt forts que farien rebotre qualsevol altra mena de porta... amb els resultats que ja et pots imaginar. La pedra és prou pesant perquè el vent no la mogui. Però de vegades ho és massa...

–Prou que ho veig!

Darrere de la porta hi havia una altra galeria: la van recórrer i van arribar a una altra sala, més recollida, on hi havia més portes.

–No us resulta avorrit caminar al llarg d'aquests passadissos tan foscos?

–Moltíssim! De vegades, m'agradaria sortir a la superfície per poder veure arbres...

–Però si són un avorriment total! Tots són iguals! –va bromejar Iara. Després, va repenjar una mà a la roca.– Però almenys són vius...

–Les roques també són vives. Per a qui les coneix, cada pedra és diferent de les altres.

Iara va assentir. La gràcia de conèixer a fons les coses consistia a adonar-se de les petites diferències.

–Deu ser fantàstic viure en un lloc com aquest –va dir llavors.

–No tant com viure al teu regne. Vés a saber quantes branques hi deu haver! I quantes fulles seques per terra!

Aquell comentari va fer comprendre a Iara que Safira no havia vist mai un bosc de debò.

–Doncs, mira, no solament hi ha branques i fulles: és un regne molt extens i ple de sorpreses. Hi ha un bosc enorme que anomenem el Bosc Vivent, i també el Riu dels Set Corrents, la Llacuna Maragda...

–Una llacuna?... Me la pots descriure?

–És una gran extensió d'aigües encalmades on enfonsen les arrels un nombre incalculable de mangles.

–Són aquells arbres que tenen unes arrels llargues i recargolades com els dits d'un bruixot vell, oi?

Iara es va posar a riure.

–Sí, són aquests. Que n'has vist?

–En vaig trobar la descripció a les pàgines d'un llibre –va respondre Safira.

–Un llibre?

–Sí. Saps què són els llibres? –li va preguntar la noia.

Iara va fer una rialleta:

–És clar que sí! Però no es pot dir que m'entusiasmin especialment.

–Jo, en canvi, llegeixo moltíssim, com la princesa Diamant, per cert. Aquí sota els dies sembla que transcorrin més lentament i dediquem molt de temps a les nostres aficions. És per culpa de la foscor, que ens fa confondre el dia i la nit.

–No trobes a faltar la llum? –va preguntar la princesa.

–De vegades. Però això és casa meva... –va dir Safira amb una expressió dolça.

Safira es va acostar a una porta de plata, la va obrir i va mirar a dins. Llavors va fer un gest a Iara perquè hi anés.

–La teva germana és aquí. Quina sorpresa quan et vegi! Procura ser delicada –li va suggerir Safira.

Però Iara ja rumiava una broma per sorprendre la seva germana:

–No et preocupis. Seré delicadíssima... –i va obrir la porta fent un crit.

18

Germaneta!

Tots els altres estaven reunits al saló del tron, discutint l'estratègia que calia seguir. Hi havia dotzenes de papallones blanques repenjades a les parets, com si fossin quadres.

La situació era molt tensa.

Diamant estava asseguda al tron i la seva cara reflectia la preocupació que li havien causat les últimes notícies.

Sequí, Gunnar i Hortensi seien davant d'ella. El Mestre dels Corrents Obscurs, segons el costum, s'estava dret, palplantat com una estàtua.

Parlava amb Sequí i agitava en l'aire les seves mans, tan ben cuidades:

–No podem consultar els llibres, però tots sabem que

el Foc que està custodiat dins de la Cova no ha estat mai alliberat. Encara que sapiguem com fer-ho, no sabem com es comportarà ni si serà gaire fàcil controlar-lo!

Va respirar fondo i va prosseguir:

–Hem de confiar i tenir esperança, perquè arribar fins al Foc és encara més difícil que alliberar-lo. Cal superar tres proves per tenir accés a la Cova i les proves són...

–Insuperables! –va etzibar Diamant.

Sequí va alçar el dit índex.

–Insuperables, no, però sí que són força dures i...

Llavors es va adonar que la princesa s'havia aixecat del tron.

–Altesa?

–Iara! –va exclamar sense dubtar.

–Diamant! –la va saludar la Princesa dels Boscos, que corria cap a ella.

Sequí, que s'havia quedat amb el dit alçat i la frase a mig acabar, observava l'escena al·lucinat.

Les dues noies es van abraçar primer amb la mirada i després van volar l'una en braços de l'altra. Totes dues van esclatar en una rialla inacabable, cristal·lina i alegre, que va fer giravoltar les papallones com uns cavallets de fira. Per un instant, van desaparèixer totes les angoixes i preocupacions.

–Com has vingut? –va preguntar Diamant, després de desfer l'abraçada.

–De l'única manera possible, germaneta: pel Fossat Enfervorit.

–Véns d'Arcàndida? Gunnar! Que ho sents?

El príncep es va aixecar.

–Ets Gunnar? –va endevinar Iara.

–Sí, sóc jo. I estic molt content de coneixe't, princesa Iara. He sentit a parlar molt bé de tu.

–No n'hi ha per tant... –va dir Iara, mig avergonyida i mig múrria.

Diamant va somriure. La seva germaneta era tal com la recordava: un belluguet. Això la consolava, perquè volia dir que hi havia coses que no canviaven.

I que les bones podien tornar al seu lloc.

–Quines noves ens portes de la cort d'Arcàndida? –li va preguntar Gunnar, temorós de la resposta.

–El gel que empresona la cort continua endurint-se. No ens queda gaire temps. Kalea i Samah s'hi han quedat, però poca cosa poden fer elles, i Haldorr i Purotu, tampoc.

–Qui és Purotu? –va preguntar Diamant.

–El germà de Kalea.

–Tenim un germà?!

Iara va esbufegar:

–Ui, és una història molt llarga i ara no toca explicar-la... Em fa l'efecte que he interromput una reunió important.

–Hi ha tantes coses que no sabem l'una de l'altra... –va observar Diamant.

–Això fa que tot sigui molt més emocionant, no trobes? De què parlàveu? Digues!

–Del foc.

–Doncs he arribat en el moment oportú. Haldorr ha consultat un dels llibres més antics que parlen dels regnes i ha descobert que el Foc Fatal és l'única esperança que tenim de salvar Nives.

–Ja m'ho pensava... –va dir Gunnar.

Diamant no semblava escoltar la conversa.

–També ha robat la teva estrofa? –va preguntar a Iara.

–«També» vol dir que la teva ha desaparegut?

Diamant va assentir.

–Quina desgràcia!

–L'has conegut?

–Sí, sense saber-ho. Va adoptar l'aspecte d'un savi ancià i va actuar sense que ningú el destorbés.

–Qui de la saviesa sospita, sospita de tot –va sentenciar el Mestre dels Corrents Obscurs.

–Què ha dit aquest senyor? –va demanar Iara.

–Que no ha estat ell –va traduir Diamant.

–Sempre parla d'aquesta manera? –va xiuxiuejar.

–Com podrem derrotar un home com ell? –va tornar a preguntar Sequí, que, pel seu tarannà, no podia concebre l'existència de la maldat.

Gunnar li va donar la resposta:

–Com a tots els altres homes: amb l'espasa.

–Ben dit! –va exclamar Iara–. I amb les meves fletxes!

–I amb la meva pala! –va afegir Hortensi, que es va deixar arrossegar per l'entusiasme.

–El ferro, no el van forjar per esberlar, sinó per llaurar! –va sentenciar el Mestre–. I la màgia per guiar els somnis, no els malsons –va acabar.

–Què... vol... dir? –va preguntar Iara, amb un murmuri.

–Que el pare no hauria bandejat la màgia, si tothom l'hagués utilitzada a fi de bé!

Es van asseure. Tots tret del Mestre, que va afegir:

–El Foc espera que es faci justícia. Només el neci vacil·la en sentir la seva crida.

Les paraules del Mestre van ser prou clares, fins i tot abans que per la porta de la sala, que havia quedat oberta, entrés una ratxa d'aire roent, com l'alè d'un drac, que va fer embogir de por les papallones.

–Les Flames Fatals ens criden... –va xiuxiuejar llavors Diamant.

I van començar a planejar la manera de reunir-s'hi.

SEGONA PART

19

El pla

Sequí va desenrotllar un mapa molt gros i complicadíssim, que possiblement ell era l'únic capaç d'entendre'l. Assenyalant aquí i allà amb el seu índex llarg i ossut, va explicar:

–Per alliberar el Foc Fatal, cal superar tres proves: cada una més difícil que l'altra. Aquí. Aquí. I, suposadament...

Va bellugar el dit d'un costat a l'altre del mapa.

–Aquí. Però, com que ningú ha superat mai les dues primeres proves, aquesta informació no és gaire fiable...

–En què consisteixen les proves? –va preguntar Iara.

–La primera consisteix a respondre un enigma que hi

ha gravat en una porta, l'anomenada Primera Porta, perquè és la primera que van construir al regne.

–I on dóna, aquesta porta?

–Enlloc, Iara.

–Com s'entén, això?

–La seva funció no és conduir a cap lloc. Si provessis d'obrir-la, et trobaries davant d'un mur. Només existeix en funció de la pregunta que hi ha gravada. La princesa ja sap de què li parlo.

Diamant va fer que sí amb el cap, no gaire convençuda.

–Si coneixeu la resposta de l'enigma, l'haureu d'escriure a terra, amb un palet de fusta. Si la resposta és correcta, tindreu accés a una trapa més enllà de la qual us trobareu en un nivell inferior, el nivell zero.

–Zero significa que sota d'aquest nivell...

–S'acaba el regne. A sota, només hi ha lava.

–Punyefla! M'encantaria anar-hi per encendre una de les meves fletxes incendiàries! –va exclamar Iara, empesa per la seva passió per l'aventura.

–Si fins ara no ho ha fet ningú, m'imagino que hi deu haver algun motiu –va continuar dient el preceptor–. De totes maneres, tal com us deia, s'obrirà una trapa que us permetrà arribar a una estança amb sis portes. Només una de les portes és la bona.

–I com ens ho farem per reconeixe-la? –va demanar Gunnar.

–Ho ignoro –li va respondre Sequí.

–Les papallones! –va dir la princesa–. En aquest viatge, ens acompanyaran dues papallones i, amb la seva sensibilitat, ens ajudaran a decidir.

–Com? –va preguntar Iara.

–Encara no ho sé: provaré de tocar una porta i si una de les papallones se'm posa a l'espatlla... per indicar-me que no hi ha perill... l'obriré –va respondre Diamant.

–No s'equivoquen mai, les papallones? –va insistir la Princesa dels Boscos.

–Normalment, són unes conselleres excel·lents. Però ja sabeu que ningú ha pogut superar les tres proves...

–I què hi ha més enllà de la porta, si triem la bona?

Sequí es va sobresaltar. Evidentment s'havia perdut en els seus pensaments.

–Aaah... mmm... el passadís, em penso.

–És a dir?...

–És un passadís molt llarg i, al fons, hi ha la porta de la Cova del Foc Fatal.

–I quanta estona trigues a recorre'l?

–Iara!

–Entesos, entesos: no faré cap més pregunta després d'aquesta –va dir la princesa, tapant-se la boca amb una mà.

–Quina és la tercera prova?

–Doncs... he d'admetre que no n'estic segur del tot, però em penso que la porta de la Cova, la defensa un animal monstruós. L'anomenen Mildents o Milullals. És com aquest, si fa no fa...

Va agafar un altre llibrot, que era una mena de compendi d'animals llegendaris del Regne de la Foscor, i va buscar una pàgina concreta.

Va ensenyar als presents un dibuix fet amb tinta xinesa d'un milpeus enorme amb una boca farcida de dents llargues i esmolades.

–Punyefla! –se li va escapar a Iara–. Brrr...

–Quina llargada fa? –va demanar Hortensi.

Sequí va assenyalar una taqueta que hi havia al costat del monstre.

–Això és un home –va dir.

Gunnar es va aclofar al tamboret.

–No tenim cap possibilitat de derrotar-lo.

–Doncs no... –va respondre Sequí.

–I què farem? –va demanar Iara.

–Només hi ha una manera de poder passar –va dir Diamant, que, de sobte, es va recordar d'una cosa que li havia dit el seu pare.

–Quina?

–Convence'l perquè ens deixi passar!

–Déu n'hi do! Una estratègia genial, germaneta!

Diamant va llançar una mirada còmplice a Iara, esperant un cable que no va arribar.

–Per què em mires així? –La Princesa dels Boscos no entenia de què anava la cosa.

–Que no te'n recordes?

Diamant va fer que no amb el cap.

–Què vols que...

Llavors, la princesa Diamant es va posar a cantussejar la mateixa melodia que Gunnar li havia sentit cantar mentre tallava les gemmes. Era una tonada dolça, com una cançó de bressol.

–«Mildents... Mildents... què mossega Mildents...»? –feia la cançó de Diamant.

Iara va fer uns ulls com unes taronges. A poc a poc, lentament, va començar a recordar.

–La cançoneta del papa!

–«Mildents, Mildents...».

–Era molt petita, Diamant, però... sí... me'n recordo...

–Quin moment tan fantàstic! Què recordes? –li va preguntar Hortensi, de sobte.

–Hi havia sal... sal... i...

Llavors, d'improvís, se'n va recordar. Els ulls de la Princesa dels Boscos es van il·luminar de cop.

–Hem de trobar el tubercle fatibomba que li agrada tant a aquell golafre!

Diamant es va posar a aplaudir i va deixar de cantar.

–Molt bé, Iara! I seràs tu qui l'anirà a recollir.

–Jo? Vols dir que existeix de debò aquest tubercle fatibomba?

–Oi tant! –va respondre Hortensi–. És clar que aquest és el nom popular. El nom tècnic és...

–És a les Mines de Sal –va informar Diamant.

–És veritat, Mestre? Sequí?

Tots dos savis van assentir.

–N'estàs segura que vols que hi vagi jo?

–Sens dubte! T'acompanyarà Safira.

La noieta va fer un somriure i una petita inclinació. Diamant va sentir una petita fiblada d'enveja: des que la coneixia, no l'havia vist mai enrabiada, ni una sola vegada.

–També hi podria anar jo –es va oferir Hortensi, que sentia que formava part de l'expedició i que, des del primer moment, havia trobat Iara molt simpàtica.

Diamant s'ho va rumiar un moment:

–No ho sé, Hortensi, potser ens seràs més útil aquí.

–Estaria bé que ens acompanyés –va observar Safira–. Hortensi és fort i valent. Ens protegirà.

–Jo ja em sé protegir tota sola –va replicar Iara.

La mirada suplicant d'Hortensi va fer que es penedís del que acabava de dir.

–És clar que... si ve un home del regne... em sentiré més tranquil·la!

Diamant va fer un sospir:

–D'acord. Vés-hi tu també. Però no organitzeu cap enrenou i torneu de seguida. Entesos?

–Visca! –va exclamar el noi–. Quan marxem?

–Un moment! Un moment! –va dir Sequí–. Les Mines de Sal, tal com sabeu, són molt extenses.

–Punyefla! I com ens ho farem per trobar aquest tubercle tan estrany? Que hi ha cartells indicadors?

–Com que és una planta molt valuosa, conec la zona on creix. Però en desconec l'indret exacte... –va reconèixer la princesa–. Però Sequí segur que ho sap, oi?

El preceptor es va inclinar per recollir un altre llibre enorme, enrotllat dins d'una beina de cuir. Quan es va aixecar, va confessar, una mica avergonyit:

–Jo, no, però el Mestre, sí.

Llavors, tots els presents van clavar la mirada en el savi. Després dels inicials focs artificials de retòrica, s'havia quedat en silenci. Un silenci que no va gosar interrompre ningú.

Al cap d'uns minuts, va dir:

–Ni al final, ni al començament, sinó al bell mig hi ha la solució. Sota la muntanya blanca que no cessa de créixer.

–Que ho has entès? –va preguntar Iara a la seva germana.

–Potser sí.

–De pressa, Sequí! Desplegueu el mapa de les mines!

L'home va mostrar el volum que havia agafat abans.

–Em farà falta una taula per desplegar-lo del tot.

Diamant i Gunnar el van ajudar a col·locar el rotlle damunt de la taula. El formaven diversos fulls, posats l'un damunt de l'altre, i relligats al centre, com uns grans plecs enfilats en un mateix ast. Cada full reproduïa un reticle de les galeries.

–I com vol que ens orientem, aquí dins? –va preguntar Iara amb els ulls esbatanats per la sorpresa.

–No és gaire difícil tan bon punt n'entens el mecanisme. Safira, acosta't, així també ho veuràs tu –va dir Sequí a la seva filla–. I tu també, Hortensi, per descomptat.

–Que bé! Que bé! –va exclamar el noi. Però quan va veure aquella escampadissa de fulls, es va fer enrere.– Ui, no! Això no fa per mi! Jo no hi entenc ni fava, d'aquests escrits!

Tots els altres caps es van inclinar damunt dels fulls.

Sequí els va explicar:

–Les mines, les van construir seguint un curs concèntric. Per tant, un cop ultrapassat el llindar, per arribar al centre, només caldrà que continueu caminant en la mateixa direcció: cap a la dreta, si entreu per l'esquerra, i cap a l'esquerra si entreu per la dreta. Ho heu entès?

–Si fa no fa...

–Jo sí que ho he entès –va afirmar Safira.

I amb un parell d'exemples va demostrar que sí, que havia entès prou bé com s'havia d'utilitzar el mapa concèntric.

–Què? Marxem?! –va preguntar Iara fent una ganyota.

–Espera, no et precipitis –li va replicar Diamant–. Continua, Sequí.

–Quan arribeu al centre, trobareu la Muntanya Blanca, que és la muntanya de sal de què ha parlat el Mestre. El tubercle fatibomba creix justament allà sota; per tant, haureu de cavar un sot.

–Però quin tubercle pot créixer sota la sal? –va preguntar Gunnar.

–Un tubercle que no és comestible per als humans, però que és un autèntic requisit per a Mildents!

–M'imagino que haurem de cavar un sot molt fondo... –va comentar Iara.

–I no serà fàcil! –va afegir Hortensi.

La princesa Diamant es va allunyar uns instants i després va tornar amb un objecte que semblava un ceptre llarg.

–La sal cristal·litzada és molt dura –va dir.

–Entesos, Hortensi? –va dir Sequí.

–Cap problema!

–Si us emporteu això, ja no serà dura. –La princesa va entregar a Iara l'asta del ceptre i després es va treure del coll la cadena d'or d'on penjava un diamant molt gros. El va encastar al ceptre i el va convertir en una mena de llança esmolada.

–No es trencarà? –va preguntar Iara, que no entenia gaire de gemmes.

–Tranquil·la, que amb aquesta pedra pots tallar qualsevol cosa. La sal s'esmicolarà com si fos sucre glacé.

Iara va agafar aquell instrument tan valuós i se'l va posar al buirac. Aquest gest li va fer venir al pensament el dia en què Vannak li va regalar el buirac que ara portava sempre. Iara va pensar en aquell jove amb qui se sentia tan unida i que ara trobava tant a faltar. Encara que no es considerava romàntica ni sentimental, es va adonar que l'enyorava a ell i el seu regne.

–Una última recomanació! –va exclamar Sequí, que acabava de consultar el seu bestiari d'animals fantàstics–. Haureu d'arrencar el tubercle amb molta cura. Si li feu malbé la pela, Mildents no se'l menjarà.

–Caram, que delicat, el noi! –va exclamar Iara.

–Doncs n'arrencarem un altre!

–No pot ser, perquè només creixen d'un en un. I triguen vint anys a tornar a créixer!

–Entesos –va assegurar Safira–. Anirem amb molt de compte!

–Ja us en podeu anar.

–I vosaltres què fareu, mentrestant? –va demanar Iara a Gunnar i a la seva germana.

Però va sortir de l'estança abans de sentir-ne la resposta.

20

Les Mines de Sal

Iara, Safira i Hortensi caminaven molt junts. En aquell laberint de galeries, Safira i Hortensi semblaven orientar-se tan bé com les formigues al seu formiguer.

–Quin lloc més estrany! –va comentar Iara, de sobte.

–Per què ho dieu? –li va preguntar Hortensi.

–Home, perquè, a part de les cavernes que travessem de tant en tant, sembla que tot sigui igual.

–Igual, dieu? Per cent tubercles recargolats! Us equivoqueu completament, princesa! Oi, Safira?

–Digue'm Iara, que és més fàcil.

Hortensi va fer que sí, tot content.

Safira va continuar l'explicació:

–El que et volia dir Hortensi és que aquí sota hi pul·lula molta vida, però és diferent de la que tu estàs acostumada a veure. La vida està oculta, viu en la foscor i estima el silenci que caracteritza el nostre regne. És per això que et sembla que tot està immòbil. Aquestes roques són la llar d'insectes, de bestioles petites i d'éssers nocturns enormes, i també del Poble de la Foscor.

–On és el seu poblat? –va preguntar Iara.

–Castell de Granit està per damunt de Terra-rotunda, en una zona molt tranquil·la. Som una gent molt esquerpa. A part de mi i de poques persones més, ningú visita gaire sovint el palau reial...

Els secrets
de Diamant

El meu tron.
És maco, oi?!
Cuques de llum dins del globus de vidre

Amagat a les profunditats de la terra, hi ha el meravellós Regne de la Foscor. És casa meva!

Mireu aquest dibuix de la sala del tron! Té una atmosfera molt especial: les pedres precioses que el decoren, il·luminades amb la llum de les espelmes, reflecteixen una resplendor que sembla pols d'estrelles.

Sequí és el meu preceptor...
És una mica estrafolari, però me l'estimo moltíssim.

I ella és Safira,
la seva filla.
Li encanta llegir,
com a mi!

Per desar tots els meus vestits, m'ha fet falta tota una estança. Sort que a Terra-rotunda tenim espai de sobres!

Robí Blau!
Conservo el seu
retrat entre
els objectes
més valuosos.

Safira toca el piano,
i ho fa molt i molt bé!
Quan m'enyoro de
les meves germanes,
m'assec al seu costat
i l'escolto... És l'úni
que em fa recuperar
el bon humor!

Tallar gemmes és la meva passió més gran. Veure com uns rocs freds es transformen en unes pedres precioses és molt bonic i m'ajuda a recordar que sovint les coses no són el que semblen!

Els Talps de la Guàrdia Reial transporten els cristalls de sal: una tasc d'allò més delicada!

Les Mines de Sal, plenes de galeries nívies i brillants, són a poca distància de Terra-rotunda.

La sal és un recurs molt important per al Regne de la Foscor: el cor mateix d'un comerç florent amb els altres regnes, amb moltíssimes propietats.
Els fennecs utilitzen els cristalls de sal per preparar unes conserves boníssimes.
La meva preferida són les llimones a la sal, perquè mantenen durant molt de temps la fragància del fruit acabat de collir.

Sabó d'oli de coco
del Regne del
Desert

Els Gorgs Multicolors són un indret ple de màgia. L'aigua flueix d'un estany a l'altre creant uns jocs de llum d'allò més suggeridors.

Els súbdits del regne hi vénen per relaxar-se, aprofitant les propietats beneficioses de les seves aigües.

Quan surto de l'aigua fresca, m'agrada embolcallar-me amb tovalloles de lli perfumat.

MINESTRA DE VERDURA

(Per a 4 persones)

200 g de mongetes desgranades, 300 g de tomàquets, 1 pastanaga, 150 g de mongetes tendres, 1 carbassó, 2 patates, 1 ceba, 1 fulla de llorer i sal del Regne de la Foscor.

Poseu 2 litres d'aigua en una olla, afegiu-hi tota la verdura tallada a daus i el llorer. Feu-ho bullir una hora a foc lent. Al final de la cocció, tireu-hi un polsim de sal, deixeu que es refredi una mica i...

Bon profit

Els fennecs són els cuiners de la cort
Verdura que acaba de collir Hortensi, el jove horticultor del Regne de la Foscor.

–I què feu durant el dia? Dia... Vaja, quan no dormiu, vull dir.

–Nosaltres treballem per a la princesa.

–I els altres?

–Treballen a les mines, per exemple. El camí és llarg i triguen molt de temps a arribar-hi. Surten al matí i tornen al vespre. Comprenc que per a tu el nostre matí i el nostre vespre no tinguin un significat real. Però nosaltres vivim la jornada de la mateixa manera que els altres regnes, amb horaris de treball i horaris de repòs. La diferència és que no ens guiem per la llum del sol.

–I com us ho feu per mesurar el temps?

–Amb unes clepsidres plenes de sal.

–No n'he vist mai cap.

–Tothom en porta una –va dir Safira traient la seva de la butxaca del vestit–. Quan tota la sal que hi ha en un costat s'ha escolat en l'altre, vol dir que han passat dotze hores.

–Mitja jornada!

–Justa la fusta!

Fent-la petar de mil coses, tots tres van arribar a l'entrada de les Mines, que tancava una porta de pedra, evidentment.

Quan Hortensi i Safira la van obrir, Iara no es podia creure el que veien els seus ulls. Tenia al davant l'extensió més gran de galeries blanques que havia vist mai de la vida. Si algú, en aquell moment, li hagués dit que era al Regne dels Gels, possiblement s'ho hauria cregut. La sal era blanquíssima i brillant.

–Jo diria d'anar cap a la dreta –va dir Iara.

–D'acord. Pel que ens ha dit Diamant, tant és un costat com l'altre –va observar Safira.

–Val més que ens n'assegurem, per això!

Van trigar uns quants minuts a desplegar a terra el mapa concèntric, el van consultar i, així que Safira va confirmar que aquella ruta era la correcta, van continuar el camí.

Ningú va protestar per aquella elecció, ni tan sols Hortensi. Guiats per la filla de Sequí, van enfilar el passadís de la dreta i després, així que els va ser possible, van girar cap a l'esquerra. Una porta de fusta molt feixuga tancava cada tram del passadís.

–Aquestes portes són de fusta... –va observar Iara–. Com és això?

–L'hi expliques tu, Hortensi? –va dir Safira.

–Amb molt de gust. Doncs... resulta que, en aquest cas concret, si les portes fossin de pedra, la sal s'hi incrustaria i, amb el pas del temps, impediria que obríssim les portes. Amb la fusta, això no passa.

–Que enginyós!

Iara no parava de mirar al seu voltant. Aquell regne la sorprenia més i més, amb els seus racons misteriosos i fascinadors. I l'aire de la mina era tan dens que gairebé li tallava l'alè.

Cada vegada que obrien una porta i passaven a l'altre costat, a tots tres els colpia una ventada d'aire fred.

Més d'una vegada Iara va sentir esgarrifances.

–Aquests corrents provenen de la superfície i s'esmunyen per les fissures de les roques que circumden la mina –li va explicar Safira.

L'última porta que van esbatanar era idèntica a totes les altres que havien obert i tancat anteriorment. Però, així que la van traspassar, es van trobar admirant un espectacle increïble: una sala immensa, amb milers d'estalactites i estalagmites que baixaven del sostre i pujaven del terra. Semblaven un conjunt d'edificis esculpits en la pedra.

Al centre, hi havia l'estalagmita més grossa.

–Aquella deu ser la muntanya de què parlava el Mestre –va intuir Iara.

–Justa! –va confirmar Safira.

–És a dir, que hem de cavar allà sota, oi?

Iara va treure el ceptre amb el diamant del buirac i es va acostar a la muntanya. Quan la va tocar, va notar una sensació molt estranya a les puntes dels dits, semblava com si l'estalagmita estigués coberta de pols. La sal li va quedar enganxada als capcirons. Se'ls va fregar els uns amb els altres i després se'ls va mirar. Eren plens d'uns minúsculs cristalls transparents.

–Que maco! –va exclamar.

Va donar el ceptre a Hortensi, que es va posar a cavar.

21
El tubercle fatibomba

Segons la clepsidra de Safira, Hortensi feia una hora que cavava, però amb prou feines havia fet un clotet petit a la muntanya.

–No acabarem mai! –va comentar mentre s'eixugava la suor del front.

–Deixa'm cavar a mi una estona –li va dir Safira, llavors.

El noi del dit verd li va passar el diamant, sense protestar. Estava realment cansat.

Safira va desenganxar el diamant del ceptre i el va empunyar com si fos una ploma en lloc d'un burí. Després, es va posar a cisellar al voltant del clot que havia fet Hortensi. Subjectava el diamant amb una inclinació constant, sense retirar-lo de la superfície. Va fer un cercle. Després, hi va clavar el diamant i va fer una estirada. La porció de sal que Safira havia cisellat es va desenganxar com un tall de pastís, sota la mirada alleujada dels altres.

–Com t'ho has fet? –li va preguntar Hortensi.

–Estic acostumada a extreure pedres de la roca. Ja fa molts anys que m'hi dedico –va contestar Safira.

–Ho podries haver dit abans! –va replicar el noi.

–Et feia tanta il·lusió provar-ho... –va afegir la noia.

–Has estat molt amable... –va dir Iara–. Però Hortensi té raó: ens hauríem estalviat temps i suor.

–Però ara ja sabeu com es fa –li va respondre Safira, amb un somriure.

I va reprendre la feina, amb tranquil·litat i precisió. Va cisellar, girar, clavar, desenganxar... I va anar fent fins que va formar un clot al peu de la gegantina muntanya de sal.

–Que ho voleu provar?

–No, no! Fes-ho tu!

Al cap de poc, van entreveure una superfície bonyeguda amagada sota la sal: semblava la pell d'un llimac enorme o d'una patata de pedra.

–El tubercle fatibomba! L'he trobat! –va exclamar.

–Però si és molt gros! I verd! –va observar Iara.

–I ara, què? –va dir Safira, atònita.

–Què té d'estrany? –va preguntar Hortensi, que de tubercles, en sabia un niu.

–Mmm... al meu regne els tubercles són de color marró clar o vermellosos, però no verds. I no n'he vist mai cap de tan gros!

Hortensi no es va immutar:

–Hi ha moltes varietats de *Tuberosum*. I aquesta és raríssima. És normal que no n'hagis vist cap de semblant.

Mentrestant, Safira cavava al voltant del vegetal amb una gran delicadesa, vigilant de no ratllar-lo amb la punta del diamant.

Quan el tubercle va estar completament a la vista, va tornar el diamant a Iara.

–Ja no el necessitem.

–Vatua tots els horts del món! –va cridar Hortensi, exultant–. Això és el somni de qualsevol horticultor del subsòl!

–Mmm... però, com ens ho farem per treure'l d'aquí? –va preguntar la princesa, que observava l'immens tubercle verd.

Tenint en compte la part visible, devia ser tan gros com cinc cocos, però semblava menys sòlid, més tou, i no seria gens fàcil arrencar-lo.

Es va inclinar per tocar-lo, però Safira la va aturar.

–Espera! No el podem tocar: si Mildents sent la teva olor, el rebutjarà.

–I com ens ho farem? –va preguntar la princesa.

–L'alçarem fent palanca per sota, amb dos trossos de sal... –va proposar Hortensi–. I el farem lliscar lentament dins d'aquest sac... –va afegir, mentre treia un gran sac de cànem del cove que traginava i el començava a omplir de sal, com si preparés un niu.

–I posarem el sac dins de la cistella.

–N'estàs segur? –li va preguntar Iara.

–Doncs, em penso que sí...

–Vols dir? –La Princesa dels Boscos va mirar Safira, que estava silenciosa. Sempre estava silenciosa, quan no estava segura de les coses.

–Ho farem tal com dic jo! Sóc un expert en tubercles! –va protestar Hortensi.

–I si es trenca? –va preguntar Iara.

–La llegenda de Mildents i de la seva afició per la patata de sal és molt coneguda, però no en sabem tots els detalls. No ens havia fet falta coneixe-la, fins ara.

Iara va assentir:

–Fet, doncs. Ho farem tal com diu Hortensi.

Amb l'ajuda de les dues noies, el voluntariós habitant de la ciutat de la foscor va agafar dos trossos de sal allargats i va començar a fer palanca amb una gran precaució per sota del tubercle fatibomba, que va començar a bellugar-se, tot revelant una forma força irregular i bonyeguda.

–A poc a poc...

–Així...

–Fes-lo lliscar...

Hortensi movia els fragments de sal lentament, amb la mirada enfocada al tubercle.

Iara i Safira també estaven atentes al més mínim moviment.

–Ja falta poc –va dir Hortensi, contenint la respiració.

Sis ulls seguien l'extracció del tubercle del seu forat i la lenta introducció al sac que havia preparat Hortensi.

–Compte...

–Una mica més!

–Ànim, Hortensi, que ja és teu...

Xof!

El tubercle es va acabar d'introduir al sac, que Hortensi va lligar amb un llaç.

–Ja està!

Safira es va deixar caure a terra i va respirar fondo. Per sota del seu serrell rectíssim, regalimaven unes petites gotes de suor, que es va eixugar amb el palmell de la mà: tenia els dits perlejats de granets de sal.

Iara li va esbullar els cabells.

–Ben fet!

Hortensi es va carregar el tubercle fatibomba a l'esquena i els va proposar la tornada al palau reial.

El trio va emprendre el camí de retorn. Van recórrer a l'inrevés la ruta que havien fet per l'interior de les Mines, passadís rere passadís, fins a la sortida. Quan la feixuga porta de les Mines de Sal es va tancar darrere seu,

Hortensi, Iara i Safira se sentien esgotats però satisfets. Van començar a explicar-se la vida els uns als altres i van descobrir que tenien moltes coses en comú. Al capdavall, tots tres eren adolescents.

–Què haurà de fer Diamant per controlar el Foc Fatal? –va preguntar Iara al cap d'una estona.

–Això, no ho podem saber nosaltres... –li va respondre Safira.

–És un secret –va afegir Hortensi–. Però segur que se'n sortirà! És la nostra princesa, i sempre sap què cal fer. Igual que tu amb el teu poble.

Iara va pensar en la seva terra, en les tribus que hi vivien, en els conflictes que havien sorgit els últims anys i que, en part, ja havia resolt.

–De vegades, fer el paper de princesa no és tan fàcil com la gent s'imagina... –va dir, més per a si mateixa que per als altres.

–Viure en pau és una conquesta per a tothom –es va limitar a respondre Safira.

22
Que comenci l'aventura!

Diamant, Gunnar, Sequí i el Mestre dels Corrents Obscurs encara eren al saló del tron. Els seus rostres estaven mancats d'expressió, semblaven estàtues. S'havien quedat allà esperant unes notícies que no havien arribat: Robí Blau havia abandonat el regne. Helgi havia desaparegut. I no es tenien notícies de Calengol. El Regne de la Foscor, amb les seves gorges i les seves ombres, era un lloc perfecte per amagar-s'hi.

Però quan van veure tornar els nois, es van animar immediatament, estimulats per l'esperança.

–Ens n'hem sortit! –va exclamar Iara, tota contenta.

Amb una delicadesa extrema, Hortensi va deixar a terra el cove amb el sac de cànem.

–És aquí dins, ben protegit –va dir.

La primera cosa que va fer Diamant va ser recuperar la pedra preciosa que la seva germana duia a la mà. Se la va penjar al coll i va semblar que la seva cara i els seus ulls es contagiaven de la seva lluminositat.

–Ja heu anat amb compte quan l'heu arrencat? –els va preguntar de seguida.

–Oi tant, germaneta! Safira s'ha encarregat de tot. Hauries d'haver vist amb quina habilitat ha cavat al voltant del tubercle i ha...

Diamant semblava capficada en uns altres pensaments:

–Sí, sí, entesos. Molt bé. Millor. Continuem!

Gunnar va apartar la mirada dels mapes que consultava i es va aixecar.

La Princesa de la Foscor va reprendre la paraula:

–El primer que cal decidir és qui m'acompanyarà.

–Per què? Que no t'hi acompanyem tots? –li va preguntar Iara, preocupada.

–No –va respondre Diamant–. No hi podem anar tots perquè això ens faria anar massa lents. A més, els passatges són estrets i les coves, petites; per tant, com menys siguem, més fàcilment podrem avançar.

–Què proposes, doncs? –li va preguntar llavors Gunnar.

–Jo triaré qui vindrà amb mi. Els altres us quedareu aquí, a Terra-rotunda i continuareu la investigació sobre Robí Blau, l'estrofa desapareguda i Helgi.

Va mirar els seus consellers i Gunnar. Ningú no es va atrevir a rebatre la decisió de la princesa.

–Vindràs tu... Gunnar, i tu, Iara.

La princesa més jove exultava de felicitat:

–Fantàstic!

Hortensi, en canvi, mirava el terra amb una expressió afligida.

–I tu també, Hortensi.

El rostre del noi es va il·luminar de cop:

–Jo? De debò?

–Considero que la teva presència ens pot ser molt útil –va dir Diamant.

–És fabulós! Absolutament fabulós! Em canvio de roba en un moment i...

–No et podràs canviar de roba, Hortensi: marxem de seguida –va afegir la princesa.

–Oi tant! De seguida! No podem perdre el temps! –va exclamar el noi.

I es va tornar a carregar el tubercle a l'esquena.

–Princesa, si em permeteu...

–Vós, Mestre, us quedareu aquí, per si sorgís cap problema i fos necessària la vostra intervenció. Ja sabeu a què em refereixo: sou l'únic que encara sap moure els Corrents Obscurs. Si les flames amenacen Terra rotunda, les haureu de contenir amb l'aigua.

El savi va assentir.

–La meva filla i jo també ens hem de quedar? –va demanar Sequí amb veu neutra, com si tant li fes quedar-se com marxar.

Diamant va assentir:

–Us quedareu. Però no abaixeu la guàrdia, sobretot. Sequí i Safira, vosaltres heu de fer dues coses per mi:

aneu a avisar el Poble de la Foscor que avui no surtin de casa. Quan alliberem el Foc i comenci a avançar, no vull que ningú corri el perill de ser sorprès per les seves llengües ardents.

–Ho farem –va respondre Sequí.

–I la segona cosa? –va preguntar Safira.

–Així que ho hàgim enllestit tot, us enviaré aquí una papallona. Serà el senyal que el Foc ha començat el viatge cap a la sortida del regne. Assegureu-vos que les galeries estiguin desertes i que totes les portes de Terrarotunda estiguin segellades.

Safira va assentir.

Diamant va acariciar el dors vellutat d'un dels seus insectes blancs.

–Enviaré una segona papallona al Regne dels Gels. Portarà un missatge per a Kalea i Samah. Elles també hauran d'estar preparades.

–Potser és un temor estúpid, però no podria ser que el Foc fongués tot el gel d'Arcàndida? –va dir Iara.

Li va respondre Gunnar.

–No ho crec. El vostre pare va fer construir el palau reial amb un gel especial.

Tot i que volia aparentar seguretat, li va tremolar la veu.

Havent dit això, Diamant es va acomiadar amb un

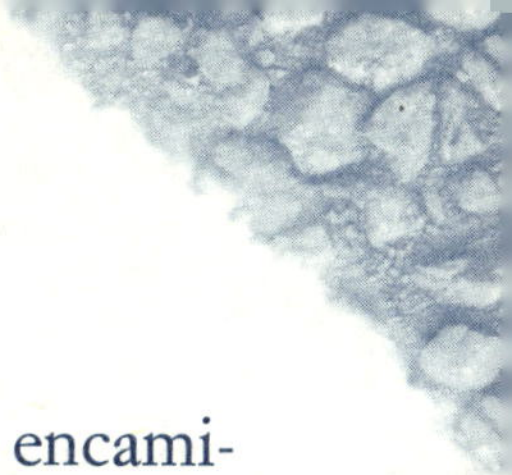

gest del Mestre dels Corrents Obscurs, i es va encaminar cap a la sortida del saló del tron. Després, es va girar cap al preceptor i la seva filla, i els va dir:

–Si torna Helgi o teniu notícies de l'estrofa, envieume una papallona per avisar-me.

–Naturalment, princesa –li va respondre l'home.

–Com desitgeu –va respondre Safira, amb una inclinació.

L'expedició ja estava a punt de marxa.

La princesa Diamant caminava flanquejada per dues de les seves inseparables papallones. Darrere seu, hi anaven els seus companys d'aventura: Gunnar, amb l'expressió enfosquida per la preocupació; Iara, amb una mirada eixerida i les fletxes preparades, i, l'últim, Hortensi, amb un gran somriure dibuixat a la cara, que saludava tothom qui es trobava pel camí. Habitants del regne, fennecs, talps de la guàrdia reial... Semblava que digués a tots: «Mireu-me, sóc un heroi que se'n va a l'aventura!».

El noi es va separar dels companys uns minuts: va desaparèixer per un passadís i va tornar de seguida, esgotat. Els va preguntar si s'havia perdut alguna cosa i després, tranquil·litzat, es va carregar el cove amb el tubercle fatibomba a l'esquena.

Diamant va picar de mans tres vegades i la porta del palau es va obrir.

Els relleus, atapeïts i meravellosos, representaven escenes del món de la superfície i eren com un llibre de pedra que els recordava què hi havia a dalt.

–No teniu gana? –va exclamar Iara, mentre passaven per sota dels grans arquitraus del portal.

–Ho veieu, com he fet bé? –va dir Hortensi mentre li allargava un mocador amb cinc raviolis farcits amb verdura. Feien una deliciosa aroma d'espècies.

–Hortensi! Ets un mag! Quan els has agafat?

–Fa un moment! –va exclamar el noi, content de ser útil–. He corregut a la cuina per fer-ne provisió. Agafeune! Encara estan calents.

Queixalant aquells raviolis, l'inici del viatge va ser una mica menys opriment.

Però quan la feixuga porta de pedra es va haver tancat, tots quatre es van quedar en silenci, perquè, a partir d'aquell moment, ja no es podien fer enrere.

23
La confessió de Diamant

Van caminar molta estona, en fila índia, recorrent galeries i cavernes que baixaven sempre més avall, cap a les profunditats. Llacs glaçats, fonts de color de metall, passarel·les suspeses damunt d'abismes pregons, catedrals de granit i pedra calcària, boscos de falgueres, tapissos de teranyines per on havien de caminar en un silenci absolut, i grutes de parets fosforescents on hi havia aferrades unes meduses que volaven pels aires: aquest va ser el paisatge que van travessar. Les dues papallones voleiaven al costat de la princesa Diamant, que cada vegada semblava més preocupada. A mesura que avançaven, sentien que l'aire era més pesant i la calor més opriment. Els llums eren més escassos i esmorteïts i va arribar un moment en què tots quatre avançaven en una semiobscuritat interrompuda de tant en tant per alguna torxa.

Diamant avançava ràpida i silenciosa.

–No hi passa ningú, per aquí... –va observar Iara, mirant a banda i banda del passadís desèrtic.

Gunnar i Hortensi eren uns passos més enrere.

–La població del regne es concentra als nivells més alts –va explicar Diamant–. A mesura que baixem, la temperatura és més elevada i és difícil viure-hi...

–Prou que ho noto. Déu n'hi do la calor que hi fa, aquí! –va dir Iara.

–Encara en farà més, val més que estiguem preparats –va afegir Diamant.

–Que estàs preocupada, germaneta? –va preguntar Iara.

Diamant no li va respondre. Però era evident que estava angoixada per alguna cosa.

L'últim de la fila, Hortensi, caminava tranquil·lament pensant en les proves. Era la primera vegada que feia una cosa tan important i encara no s'ho acabava de creure. Els seus pares n'estarien orgullosos quan tornés a casa sa i estalvi i victoriós.

Just en aquell moment, va sentir un soroll darrere seu. Es va tombar, però no va veure res, a part de la foscor. L'última torxa era massa lluny per il·luminar el tram de galeria que tenia al darrere.

–Que ho heu sentit? –va demanar a Gunnar.

–No –va respondre el Príncep dels Gels acostant la mà a l'empunyadura de l'espasa–. El què?

–Potser només ha estat una pedra que s'ha desprès de la roca –es va apressar a dir Hortensi.

Gunnar va assentir, però va escrutar la foscor que els seguia. Els seus esmolats sentits de llop el podien ajudar, però no enyorava aquella etapa de la seva vida. Va observar, complagut, el noi. Valorava les persones com ell: actives i enèrgiques, que no s'escalfen el cap amb un munt de pensaments.

–Tingues els ulls ben oberts, noi. Tu coneixes aquests paratges. Jo, no. I no m'agradaria haver-me d'enfrontar a una sorpresa desagradable –va afirmar el príncep, que temia sobretot per les dues princeses, que ja caminaven a molts passos per davant d'ells, frec a frec.

Iara havia provat una pila de vegades de fer diverses preguntes a la seva germana, però Diamant s'havia reclòs en un silenci obstinat.

De cop i volta, es va posar a parlar.

–Iara... –va xiuxiuejar–. T'he de dir una cosa.

La Princesa dels Boscos es va adonar que li convenia callar, perquè no canviés d'idea.

–Escolta'm... nosaltres som princeses, tenim un deure que va més enllà de la nostra vida quotidiana. Hem de protegir els nostres regnes i els pobles que hi viuen. Fins ara hem respectat aquest compromís, encara que això impliqués renunciar a una gran part de... de nosaltres.

Iara va assentir, tot i que no hi estava gaire d'acord. Ella no havia renunciat a res.

–Però nosaltres també ens podem equivocar. I també podem ser desgraciades.

Diamant es va quedar en silenci una estona abans de continuar parlant.

–El que et vull dir, Iara, és que jo, per quedar-me aquí, al Regne de la Foscor, per fer de princesa... he hagut de renunciar als meus sentiments.

–Què dius?!

–Xsst! –la va renyar Diamant–. I fins fa uns quants dies em pensava que em moriria per això. Sofria. Més d'una vegada he pensat marxar per seguir el noi de qui... potser...

–Que vols dir que estàs enamorada?

Diamant, lentament, va assentir.

–No pot ser... Tu també?!

–Sí, Iara, però em vaig enamorar de la persona equivocada. Ara, gràcies al que he descobert amb les vostres explicacions, m'he adonat de l'increïble error que vaig cometre. És com si hagués sortit d'un somni. Més ben dit: d'un malson.

–Qui és?

–Un noi fascinador, que va arribar un dia a la cort, provinent d'un regne molt llunyà.

–D'on?

–De les sorres del desert.

–I què va passar?

–Vam parlar molta estona, vam sopar junts, em va enlluernar amb les seves històries: em parlava de les caravanes, de la sorra, del mar, del cel infinit i de les estrelles, i jo... doncs... em vaig empassar totes les seves paraules com si fossin mel.

–Et comprenc. I després, què?

–Que un dia el vaig portar a visitar la gruta de les Cascades de Maragda i...

–Què?!

–Va passar el pitjor que em podia passar, ara que hi

penso. Era magnífic, sota les cascades, amb mil gotes d'aigua que... i jo... en fi, que fins i tot...

–Fins i tot, què?!

Diamant va mirar Iara amb una expressió que barrejava la tristesa i el retret. Després, es va girar per comprovar que els altres no la podien sentir i llavors li va respondre:

–Ens vam fer un petó.

–Has fet un petó a un noi? Ostres!

–Sí –va admetre Diamant, orgullosa–. Va ser un petó molt dolç i delicat. Jo creia, estava segura, que entre nosaltres havia sorgit una cosa important, però després... Va desaparèixer, se'n va anar de sobte, després de prometre'm que tornaria a buscar-me i que m'ensenyaria totes les coses de què m'havia parlat.

–Però no ha tornat.

–No –va admetre Diamant.

–Ni t'ha escrit.

–Tampoc.

–Vaja, que s'ha esvaït en el no-res.

–Una cosa així. Però això no és el pitjor. Perquè he descobert que és molt possible que la seva gentilesa formés part d'un pla per circular pel regne sense que ningú el destorbés i poder robar la meva estrofa.

–La va robar ell?

–Doncs qui, si no? Jo no estava al corrent de l'existència del Príncep sense Nom ni del seu projecte vil.

–T'ha tocat viure la història més trista de totes –va reconèixer Iara.

–Sí. I dolorosa. No paro de pensar-hi. Jo desitjava de tot cor que Gunnar s'equivoqués, però quan vaig saber la desgràcia de la cort gelada d'Arcàndida i tota la resta, no puc evitar pensar que el meu estimat i misteriós Robí Blau es va limitar a jugar amb mi.

Iara es va aturar en sec.

–Com dius que es diu?

–Robí.

–Robí... què?

–Robí Blau, per què? –Diamant va sentir com la tensió vibrava en l'aire fosc de la caverna.

Va veure com el rostre de la seva germana petita es tornava blanc com la neu.

–Iara, què et passa?

–No... No és possible...

–Parla! –li va ordenar Diamant, ansiosa.

–Ja me n'havien parlat, de Robí Blau –va confessar Iara, amb els ulls com unes taronges, per la sorpresa.

–De debò? Qui?

–Me'n va parlar Samah.

–Potser el coneixia perquè és un estudiós molt important de l'Acadèmia del Regne del Desert...

–No, Diamant! No me'n va parlar per la seva fama com a investigador!

–Ah, no? Doncs, per què? –li va preguntar Diamant, cada vegada més preocupada.

–Perquè va ser ell qui li va robar l'estrofa!

Un llamp va recórrer els ulls de Diamant, que immediatament després van quedar apagats. Es va sentir buida, buida i frívola, i es va haver de repenjar en una paret per no caure.

–Com és possible? N'estàs segura?

–M'ho va dir Samah en persona.

–Per tant..., per tant aquell impostor va venir primer aquí, a robar-me l'estrofa, i després se'n va anar al Regne del Desert per apoderar-se de la de Samah?

–No sé on va anar primer, però em penso que la cosa va anar així.

–És un ésser menyspreable! Ens va enganyar cruelment! Es va aprofitar de la nostra hospitalitat! Me les pagarà! –va dir amb una fredor extrema.

Iara, que coneixia la seva germana, va comprendre que la veritat havia fet una ferida profunda en el seu cor i que Diamant s'havia tancat, s'havia reclòs en si mateixa perquè no li poguessin fer més mal.

–Però has de saber una cosa... –va afegir Iara.

–Una altra, encara?

–Robí Blau no és el Príncep sense Nom.

–No?

–No, però estava al seu servei.

–Això no canvia res. No trobes?

–Potser sí. Potser el va obligar a treballar per a ell. O potser, com altres, és víctima d'un dels seus encanteris.

–Què em dius, ara?

–Que tu sempre has jutjat amb encert les persones.

–Però aquesta vegada...

–Aquesta vegada potser t'hauràs d'esperar una mica per jutjar-lo amb tanta duresa. Potser sí que Robí sentia alguna cosa per tu. Potser voldria tornar amb tu, però no pot.

–Des de quan t'has tornat tan romàntica?

Iara es va posar vermella.

–Tu també t'has enamorat? És per això?

–Que no!

–Em sembla que sí. Com es diu?

Iara va comprendre que no tenia elecció. Diamant era massa sensible per poder-la enganyar.

–Vannak. Però no...

Diamant va posar un dit als llavis de la seva germana.

–Ja ho sé: t'entenc. Hi ha coses que no es poden explicar. En tinc prou amb mirar els teus ulls: són més eloqüents que mil paraules.

Iara va inclinar el cap, més avergonyida que abans, i es va quedar en silenci. Pensar en Vannak i el seu valor li donava força.

I aquella força la va ajudar a fer costat a la seva germana, i a consolar-la de la gran desil·lusió que havia patit.

S'hi va acostar i la va abraçar:

–T'estimo molt!

Diamant no va respondre, però dels seus ulls entretancats, en va lliscar una llàgrima.

24

La primera prova

Els faltava l'aire. Quan els quatre membres de la petita expedició es van aturar, estaven extenuats per la llarga caminada i bocabadats pel lloc on es trobaven.

La galeria que acabaven de recórrer acabava en un eixamplament de pedra polida, al bell mig del qual s'erigia una porta negra, bastant gran, però no enorme. En aquella porta, no hi havia panys ni mànecs. Era una planxa de metall que havien gravat les hàbils mans dels mateixos artesans que havien esculpit la porta del palau reial.

–Quina porta més estranya! –va comentar llavors Iara, la més curiosa del grup. Va avançar unes quantes passes, fins que Diamant la va aturar.

La primera prova

–Vigila! No trepitgis el terra de davant de la porta, perquè és on haurem de respondre l'endevinalla.

Llavors, la Princesa dels Boscos es va limitar a observar els gravats, immòbils.

–No hi llegeixo res –va reconèixer.

–Prova-ho ara –va dir Gunnar, alçant una teia crepitant.

Unes llengües de llum allargades van envoltar el metall, tot ressaltant unes lletres que hi havia gravades.

Però encara eren massa petites i llunyanes per poder-les llegir.

Gunnar va moure la teia endavant i endarrere. A la paret de roca que tenien al costat, penjat en un ganxet, hi havia un bastonet de fusta fosca, que amb prou feines es podia distingir en la foscor.

–I darrere d'aquesta porta, no hi ha res? –va demanar Hortensi.

–No és que no hi hagi res... –va respondre Diamant–. Hi ha el No-res.

Hortensi va fer que sí, pensatiu. Quan va entendre que l'única dificultat autèntica d'aquella prova consistia a llegir les paraules de l'enigma que hi havia escrit a la porta, per poder-lo contestar després, es va escurar la gola.

–Perdoneu... –va dir–. Em penso que sé què hem de fer.

–Ah, sí? Què? –va replicar Diamant.

De la bossa dels queviures, Hortensi en va treure una lletera. Plena de llet blanca i densa.

–Vosaltres que sabeu llegir molt de pressa, estigueu preparats perquè no tindrem una segona oportunitat!

Havent dit això, va llançar la llet contra la porta. El líquid blanc es va adherir a les estries de les lletres, omplint-les d'una en una, mentre s'escolava cap avall i, d'aquesta manera, les paraules de l'endevinalla van aparèixer i desaparèixer.

–Sóc amic i enemic...

–Ràpid i molt... lent...

–Així que arribo, me'n vaig...

–Però si vols, sempre estic present...

–No em veus...

–No he pogut llegir l'última paraula...

–La gent... –va dir Diamant.

La llet es va escolar per una fissura que hi havia a la base de la porta. Hortensi va mirar els seus amics i els va preguntar:

–Que ho heu pogut llegir?

Tots tres es van consultar, van unir els fragments i van arribar a formular l'endevinalla completa:

SÓC AMIC I ENEMIC,
SENSE SER UN TEU PARENT.
SÓC RÀPID I MOLT LENT,
SENSE MOURE'M REALMENT.
AIXÍ QUE ARRIBO, JA ME'N VAIG.
PERÒ, SI VOLS, SEMPRE ESTIC PRESENT.
SÓC JOVE I SÓC VELL,
PERÒ NO EM VEUS ENTRE LA GENT.

–És una endevinalla amb tots els ets i uts! –va exclamar Hortensi, emocionat.

–I no és gens fàcil –va comentar Iara.

Gunnar va restar en silenci, rumiant una possible resposta.

–Només tenim una possibilitat –va especificar Diamant.

–I si ens equivoquem?

–La trapa no s'obrirà.

–Mai més?

–Mai més, no, però trigarà molt de temps. El que faci falta per gravar-hi una altra endevinalla; però si encertem la resposta correcta...

–Vols dir que l'endevinalla va canviant?

–Fins ara no ha canviat, perquè ningú no ha provat d'obrir la trapa... o no se n'ha sortit.

–I qui vindrà a canv...

–IARA! –va cridar Diamant–. Ara no toca parlar de l'endevinalla, sinó trobar-hi la solució!

–Jo la sé, la solució –va dir Gunnar.

–Escriviu-la! De pressa! –va respondre Hortensi.

Gunnar estava a punt d'agafar el bastonet de fusta, esperant poder ser útil.

–Quiet! Només el pot tocar la persona que resolgui l'enigma. Estàs segur que tens la solució?

–Sí: és la pluja –va dir Gunnar.

–La pluja?

–És amiga i enemiga... –va afegir el Príncep dels Gels.

–Això! –va dir Hortensi, que no l'havia sentit caure damunt seu mai de la vida.

–Ràpida i lenta... i molt esperada, encara que duri poc... –va tornar a dir Gunnar.

Els altres van fer que sí. Gunnar estava a punt d'agafar el bastonet, quan Diamant el va aturar.

–Però la pluja no és jove. Ni vella.

Gunnar va vacil·lar.

–No, però... ho pot ser...

–N'has d'estar segur. Si t'equivoques... –va dir Diamant.

–Per mi, la pluja és una gran resposta! –va replicar Gunnar.

–I si fos l'amor? –va dir Iara.

Diamant es va mossegar el llavi.

–És veritat. La teva resposta és millor que la meva –va reconèixer el Príncep dels Gels.

–És millor o és la correcta? –va afegir Iara.

Diamant vacil·lava:

–No pot ser l'amor.

–Per què no? –va dir Iara.

–Perquè es veu entre la gent. Jo ho he vist de seguida, que estaves enamorada...

–Diamant! M'has promès que no ho diries!

–Ai, perdona!

–Perdonada! Llavors, ja puc dir a tothom que jo també m'he adonat de seguida que tu també ho estaves?!

–Iara!

Les dues germanes es van discutir fins que Hortensi les va interrompre amb decisió.

–Ja n'hi ha prou, princeses! Se'ns acaba el temps!

–Què has dit? –va dir gairebé a crits Diamant.

Hortensi es va encongir, es temia una escridassada. Que ximple que havia estat! No estava bé adreçar-se així a una princesa, encara que es comportés com una criatura.

–Princesa Diamant, jo... no volia...

–Parla! Què has dit? –va insistir la Princesa de la Foscor, amb uns ulls flamejants.

En part per la calor, en part per la situació, Hortensi suava en abundància.

–He dit que se'ns acaba el temps...

–Temps! –va cridar Diamant.

–El temps! –va cridar Iara.

–Exacte! Aquesta és la solució! –va exclamar Gunnar. Un llamp de ferotgia va il·luminar els seus ulls de llop en la semiobscuritat.

–Ets un geni, Hortensi! –va dir Iara.

El noi va mirar al seu voltant, estupefacte.

–Jo?

–Has trobat la resposta, l'has d'escriure tu! –va afegir Iara.

–Jo... però si... amb prou feines... sé escriure el meu nom!

–Ànim! No és gens difícil! –el va animar la noia.

Hortensi no sabia ben bé què fer. Pensava ràpidament: el temps és amic teu quan en tens molt, i enemic quan en tens poc. És ràpid i lent, segons visquis un bon moment o un mal moment. Esperes que succeeixi una cosa i, així que succeeix, ja és passat. I és jove i vell, com tots nosaltres, encara que no el veiem de debò.

Es va estirar tant com va poder i va allargar una mà en direcció al bastonet. El va agafar i el va treure del ganxo. Era prim i lleuger com una ploma.

Hortensi va empunyar el bastonet com una ploma d'escriure i es va agenollar. El va envair una gran emoció i les mans li tremolaven.

Va tancar els ulls i, conscient que no es podia equivocar, va començar a escriure.

TEMPS

La resta del grup seguien, com hipnotitzats, les lletres que, a poc a poc, es dibuixaven a terra, esperant de tot cor que aquella paraula fos la correcta.

Així que Hortensi va acabar d'escriure i va alçar el bastonet de terra, al mateix lloc on havia escrit, es va obrir un passatge que revelava l'entrada que portava al nivell inferior. El nivell zero. Hortensi es va posar dempeus i va mirar els seus companys, somrient. Estrenyia el bastonet de fusta entre les mans, com un ceptre. En aquell moment, se sentia un príncep, com tots els altres.

25

La segona prova

Tot el grup contemplava bocabadat la trapa de fusta que s'havia obert al terra de davant de la porta, sota el requadre on Hortensi havia escrit la resposta a l'endevinalla.

És molt petita –va comentar Gunnar.

–És veritat, potser a tu et costarà una mica esmunyir-t'hi. Abans, hi baixarem Hortensi, Iara i jo, per calcular les dimensions reals del passatge –va proposar Diamant.

–D'acord, però, sobretot: aneu amb molt de compte –va dir Gunnar en veure el vapor que sortia de l'obertura.

–No et preocupis: allà abaix no hi ha res, si més no mentre les portes estiguin tancades –li va dir Diamant.

En sentir aquelles paraules, els ulls de Iara es van il·luminar: només de pensar en una aventura nova ja s'engrescava.

–Qui baixarà primer? –va demanar.

–Jo, princesa, si m'ho permeteu.

Diamant va asssentir i va dir:

–Endavant, Hortensi. Tu has obert el passatge i tu el traspassaràs primer. Així que ens donis el via lliure, et seguirem.

El noi, molt honrat per aquell encàrrec, es va preparar per complir-lo.

Després d'entregar el tubercle a Diamant, amb molta cautela i una gran agilitat es va introduir en aquell forat, aferrant-se al terra que hi havia dalt de la trapa amb els músculs tensos per l'esforç. Després, va baixar d'un salt. Hi va aterrar de peus, amb els genolls lleugerament doblegats, però de seguida va recuperar la posició erecta. Després, es va posar a mirar al voltant i va desaparèixer del camp visual dels que encara eren a dalt.

–Hortensi! –va cridar Diamant, amoïnada perquè no el veia.

–Sóc aquí, princesa –va dir el noi, reapareixent sota l'obertura–. Podeu baixar. Tot està tranquil.

La princesa li va allargar amb molt de compte el sac amb el tubercle i després va dir:

–Baixa-hi tu, Iara.

El cos esvelt de Iara s'hi va esmunyir sense cap dificultat.

–Això és increïble! –va sentir que exclamava des de sota.

Després, va baixar Diamant, procurant que les malles de coure i plata del seu vestit no s'enganxessin als caires irregulars de l'obertura.

Tan bon punt va fer peu, va mirar cap a dalt i va picar de mans. Una de les dues papallones es va apartar de la paret de roca i va volar cap a ella.

Llavors va ser el torn de Gunnar.

El Príncep dels Gels es va treure el cinturó amb l'espasa i el mantell.

–Hortensi, et confio unes quantes coses –va dir.

El noi ho va entomar tot i va aguantar la roba de Gunnar mentre esperava que el príncep se'ls unís.

Quan van tornar a estar tots junts, van estudiar el lloc on es trobaven.

Eren en una estança gran i circular, amb el sostre tan alt com dos homes.

Una part d'aquell espai, la il·luminaven unes torxes penjades a les parets que Hortensi acabava d'encendre.

L'altra part estava immersa en una foscor total.

Se sentia un soroll de fons semblant al brogit d'una cascada, però no era aigua: era lava bullent que fluïa pel seu llit ardent, no gaire lluny d'ells.

En la zona il·luminada, s'hi veien sis portes, totes de ferro, fosques com aquella en què hi havia escrita l'endevinalla, però diferents les unes de les altres.

En veure que Iara s'acostava a una de les portes, Diamant els va recordar a tots que es trobaven davant de la segona prova:

–Només en podem obrir una, i ha de ser la bona.

–Sí, sí, ja ens ho has explicat. Però, com ens ho farem per triar-la? –va replicar la seva germana.

–Hem de tenir paciència i esperar que les Papallones d'Ales Vellutades percebin alguna cosa.

–Què hi ha darrere de les altres portes? –li va preguntar Gunnar, ansiós per apressar l'arribada a la Cova del Foc Fatal.

–Val més no saber-ho. Així estarem més tranquils! –va proposar Hortensi, molt sàviament.

–Per mi que hem d'obrir aquesta! –va insistir Iara, que ja tenia la mà al mànec de la porta.

–Doncs jo estic convençuda que és aquesta! –va exclamar Diamant, imperiosa, mentre s'acostava a la porta que hi havia més a l'esquerra–. Però només sabré del cert que no m'equivoco si la papallona se'm posa en una espatlla.

Amb una gran solemnitat, va aferrar el pom de ferro rodó i, tot seguit, la papallona se li va posar en una espatlla amb una gràcia infinita. Diamant va girar el mànec.

Així que va obrir la porta, un corrent, una ventada roent, va envestir la petita expedició amb tanta força que es van haver de tapar la cara amb les mans.

–No pot ser! L'escalfor de l'altre costat és insuportable! –va observar Iara.

–No t'amoïnis, és que feia molt de temps que aquesta escalfor estava empresonada. S'escamparà ràpidament i d'aquí a poc l'aire serà més respirable.

Ni Hortensi ni Gunnar van fer cap comentari. Es van limitar a mirar amb expressió preocupada més enllà de la porta, desitjosos de descobrir què els esperava.

El record de Nives, llunyana i en perill, turmentava cada vegada amb més intensitat el Príncep dels Gels.

Va ser llavors que Iara, incapaç de contenir la seva curiositat, va girar el mànec de la porta que havia triat ella.

Quan Diamant ho va veure, va cridar a plens pulmons:

–No! No! No l'obris!

Però ja era massa tard.

La Princesa dels Boscos havia obert una porta que donava a un passadís fosc, fred i silenciós.

26

Heroi per un dia

–Allunyeu-vos! De pressa! –va cridar Diamant als seus companys de viatge, que contemplaven emmudits aquell passadís fosc.

La princesa es va acostar a la porta per provar de tancar-la, però era molt pesant i li costava moure-la.

Un instant abans que es tanqués la porta, en va emergir un ésser gegantí, negre, que se'ls va plantar al davant amb l'agressivitat d'un rapinyaire.

–Compte! –va cridar Iara.

–Diamant! Cos a terra! –se'n va fer ressò Gunnar.

A l'estança, hi havia aparegut una ratapinyada enorme, que batia les ales furiosament i ensenyava unes dents espantosament esmolades.

CREEEC! CREEEC!

–Darrere meu! –va cridar Gunnar, espasa en mà.

–No la matis! –li va suplicar Diamant. La ratapinyada també era una habitant del seu regne.

El cor de la princesa anava a mil per hora. La ratapinyada era horrorosa de debò, amb una bocota gran i plena de dents agudes, uns ulls brillants i negres com el carbó, i unes orelles punxegudes i peludes.

Va fer un altre xiscle esfereïdor que els va fer recular a tots. Tots, tret d'una de les papallones, que se li va abraonar per protegir la princesa. La ratapinyada li va clavar un cop amb una ala. L'impacte va ser brutal i el blanquíssim insecte va caure a terra i ja no es va moure més.

–Ai, no! Què he fet?! –va exclamar Diamant–. Què hem fet?!

Iara, que se sentia culpable, es va afanyar a treure una fletxa del buirac. Va tesar l'arc i va disparar.

L'enorme ratapinyada, amb la seva oïda finíssima, la va sentir arribar i se'n va apartar a la velocitat d'un llamp. La fletxa es va clavar a la paret de darrere seu.

Tot seguit, semblava disposada a contraatacar.

Diamant estava agenollada, immòbil, amb la mirada posada en les ales de la seva papallona; havia estat molt valenta. No l'oblidaria mai.

Alguna cosa li va passar per damunt. Era Gunnar, amb l'espasa a la mà, que s'havia interposat entre ella i la ratapinyada.

Tots dos es van abraonar l'un sobre l'altre. La ratapinyada va provar de mossegar el príncep. Però Gunnar es va defensar i li va ferir una ala d'un cop d'espasa.

La ferida era profunda, però no prou per fer-la desistir. L'animal es va llançar en picat contra el Príncep dels

Gels, que gairebé va desaparèixer en l'abraçada de les seves ales negres.

Tothom contenia la respiració. Hortensi va agafar una pedra i la va tirar contra l'animal, que ni se'n va adonar. Llavors, va provar d'atacar-lo sense pensar-s'ho dues vegades, però tan bon punt s'hi va acostar, va rebre un cop fortíssim que el va fer caure a terra, sense sentits.

Enfurismada, Iara li va disparar més fletxes, que es van enfonsar en la pell fosca de la bèstia, però no van donar cap resultat. Tots dos es debatien entortolligats en una abraçada mortal.

Quan van passar per sota de la trapa oberta, va succeir un fet inesperat. Algú o alguna cosa es va tirar damunt de la ratapinyada cridant:

–Vine! Ja t'apanyaré, jo!

Però cap dels presents va poder veure de qui es tractava.

En ple combat, la silueta d'un capell punxegut va rodolar per terra. Diamant i els altres van recular, per por d'una amenaça nova.

–Calengol! –va exclamar Diamant.

–No tingueu por, princesa. Ja me n'encarrego jo! –va dir l'elf dels gels, muntat en la ratapinyada. S'esforçava per empresonar-li les ales amb una xarxa que portava.

Tots observaven l'escena, desconcertats.

La ratapinyada, atreta pel nou arribat, va amollar Gunnar i va provar de volar cap amunt, però va esclafar Calengol contra el sostre. I com que les ferides i la xarxa de Calengol li destorbaven els moviments, es va llançar a terra, on va començar a debatre's per alliberar-se d'aquella nosa.

–Gunnar!

El mantell del príncep estava destrossat, tenia la roba xopa d'una estranya bava groguenca i la cara esgarrinxada. Tot i així, va poder alçar una mà.

–Estic bé! Estic bé!

La ratapinyada no parava de debatre's i xisclar.

–Afanyeu-vos! No sé quanta estona la podré contenir! –va cridar Calengol–. Fugiu! De pressa!

Ara, la ratapinyada semblava desorientada i s'agitava a tort i a dret, provant d'alliberar-se. Calengol s'esforçava per no amollar la presa, però era evident que havia arribat al límit de les seves forces.

–Calengol, no podem... –va començar a dir Diamant.

Llavors una mà robusta li va aferrar el braç.

–Marxem! Ens ofereix l'última possibilitat que tenim de prosseguir! –va exclamar el Príncep dels Gels.

Iara, amb l'ajuda de Gunnar, va arrossegar el cos d'Hortensi més enllà de la porta. El va bufetejar amb delicadesa i després va fer un sospir d'alleujament:

–Quina sort! Només està desmaiat!

Estaven a punt de tancar la porta darrere seu, per deixar de sentir l'horrible xiscladissa d'aquell ésser, però Diamant els ho va impedir.

–No! –va dir–. La porta ha de quedar oberta.

Llavors, van amagar Hortensi en una cavitat i van fugir corrents. Però encara van sentir l'últim crit de Calengol, adreçat a Gunnar:

–Em creus, ara, príncep? Em creus?

27
La tercera i última prova: Mildents

No els feia cap gràcia abandonar Hortensi, però no tenien alternativa si volien tirar endavant. Gunnar es va oferir a carregar-se'l a l'esquena, però Diamant li va ordenar que no ho fes.

–Ja trobarem una solució més endavant. Aquí, no hi corre cap perill. Ja s'espavilarà!

Iara s'havia quedat sense paraules.

–Em sap molt de greu, he fet una bestiesa.

Diamant va fer un gest vague amb la mà:

–Ja està fet!

–Em podria quedar amb ell... –es va oferir Iara.

–No. Hem de continuar junts. Tots tres.

Els tres prínceps, va pensar Diamant. Però no ho va dir.

Només els prínceps es podien enfrontar al Foc Fatal. L'hi havia dit el seu pare, feia molts i molts anys.

–N'estàs segura, que no li passarà res? –va preguntar Iara.

–Sí. Anem! –va respondre la seva germana.

Iara va agafar el cove d'Hortensi que contenia el preciós tubercle, es va mossegar un llavi, perplexa, i va contemplar el noi sense sentits que jeia en la cavitat. Després, va abaixar la mirada i, a contracor, va seguir la seva germana.

Gunnar tancava la fila, amb el cor feixuc.

Més que les ferides, li dolia el gest de Calengol, que li havia salvat la vida. «Per què ho havia fet?», es preguntava. Potser Calengol també es mereixia que li donessin una altra oportunitat.

Feia una estona que caminaven per una galeria molt llarga, diferent de les altres perquè era molt més estreta i plena de giravolts.

Tenien la sensació que recorrien un conducte gros, asfixiant, fosc i molt calorós.

S'albirava una llum tènue en la llunyania.

–Mildents és allà –va xiuxiuejar Diamant, assenyalant amb el dit el final, allà on la galeria s'eixamplava i formava una sala circular.

–Som-hi! –va dir Iara, impàvida.

Gunnar i Diamant es van intercanviar una mirada d'entesa que significava: parem-li els peus!

–Abans d'arribar-hi, us he d'explicar la seva història... –va dir Diamant–. Mildents no sempre ha estat l'ésser que veureu...

Gunnar va tensar les orelles. L'inici d'aquella història era molt semblant al seu.

–Quan va néixer, Mildents era un milpeus gegant normal i corrent, com tots els altres miriàpodes de la seva espècie. Vivia amb la seva família al subsòl més profund i fosc. Vivien feliços i tranquils, en companyia dels altres animals del regne, fins el dia que va arribar el Vell Rei. Era un home despietat i sense escrúpols, que no dubtava a utilitzar la màgia per obtenir el poder. Un dia que volia provar un encanteri prohibit, sense saber-ne exactament les conseqüències, va decidir experimentar-lo amb aquell milpeus. L'encanteri el va transformar en un ésser molt més gros i cruel, que el Vell Rei va utilitzar durant un temps com a guardià a la base del seu fossat. D'ell se n'han escrit pàgines terribles. Quan el nostre pare, el Rei Savi, va derrotar el Rei Malvat, es va apiadar del milpeus gegant, convertit en un ésser ferotge sense tenir-ne cap culpa, i va pensar i rumiar com el podia ajudar.

–Però no se'n devia sortir, perquè, pel que dius, encara és molt ferotge –va observar Iara.

–És veritat, ho és, però, per poc que fos, el pare hi va poder fer alguna cosa. Va descobrir que li agradava amb delit un tubercle, el que has anat a buscar amb Hortensi i Safira, en va aconseguir un i l'hi va oferir. Mildents es va amansir immediatament i, llavors, el va portar fins a l'entrada de la Cova del Foc Fatal i el va deixar allà, perquè li fes de guardià.

–És a dir, que va trobar la manera de fer-lo útil sense haver-lo de matar o d'allunyar del regne perquè és massa perillós –va dir Gunnar.

–Exactament! «A cadascú li pertoca un paper», com deia sempre.

–El vostre pare, princeses, era un home excepcional de debò.

En sentir el verb en passat, totes dues germanes es van entristir una mica, perquè el trobaven a faltar moltíssim.

Quan van arribar prop de l'entrada de la Cova del Foc Fatal, tots tres es van aturar.

Mildents estava arraulit, amb el cos en forma de mitja lluna, ben bé al davant de la porta. Ocupava gran part de l'espai circular on es trobava i no semblava que tingués cap intenció d'apartar-se'n. Tenia unes proporcions tan impressionants que haurien esporuguit el més valent dels cavallers.

Però van tenir sort: el milpeus dormia profundament.

–No ens hi acostem més sense haver tret el tubercle del cove: si ens veu abans d'hora no dubtarà a devorar-nos d'una queixalada –va dir Diamant.

Iara el va observar: tenia unes potes curtes, en forma de ganxo. Tenia la boca tancada, però, per la mida, hauria pogut engolir una persona sense esforçar-s'hi gens. De la part de dalt del seu cap rodó sorgien dues antenes molt llargues que vibraven en l'aire immòbil de la galeria.

El seu cos, que tenia la circumferència d'un tronc d'arbre, era negre i brillant amb una franja de color vermell intens damunt d'un dors, i el recorrien tot d'anells que el faixaven en sentit horitzontal. Era imponent.

–Déu n'hi do! És enorme! –va exclamar Gunnar, que no havia vist mai un milpeus tan gran.

–Sí, i també és molt fort i molt ràpid –va afegir la Princesa de la Foscor–. Per tant, Iara, no facis cap bestiesa. Entesos?

–Sí, germaneta, tu tranquil·la.

Havent dit això, Iara va treure el tubercle del sac amb una cautela extrema, amb l'ajuda d'un drap xop d'aigua salada que Hortensi hi havia posat a posta.

Però abans que la princesa el tragués del tot, el miriàpode gegant es va despertar.

–Si no he fet res! –es va defensar Iara, tot seguit.

–Em penso que és cosa del tubercle. El deu haver olorat –va ser la hipòtesi de Diamant.

–Si no fa olor!

–Per a tu potser no, però, per a ell, té una olor deliciosa.

—-Mmm... Em fa venir salivera... –va fer broma Iara.

L'enorme miriàpode es va posar a tremolar i es va girar veloçment damunt de les seves mil potes.

–I ara què fem? –va demanar Iara, immòbil amb el tubercle a la mà.

–Si hi esteu d'acord, us proposo el següent –va suggerir Gunnar–. Jo m'hi acosto amb el tubercle a la mà per cridar-li l'atenció. L'hi ofereixo i espero que comenci a menjar-se'l. Mentrestant, vosaltres entreu a la cova.

–D'acord. Ho farem així. Però, vigila, eh?! –li va recomanar Diamant.

Gunnar va agafar el tubercle que subjectava Iara i es

va acostar a Mildents, que el mirava amb uns ulls molt oberts i amenaçadors.

Era una muntanya negra i lluent, una armadura colossal, que xisclava davant seu.

–Bo, tita, bo! –li va dir el Príncep dels Gels amb una veu calmosa, i després va afegir–: Tinc una coseta per a tu.

I va alçar el tubercle.

Les antenes de Mildents es van alertar a l'instant, es va aixecar damunt de les potes i va redreçar una part del cos fins que va topar amb el sostre.

Tota la sala va tremolar.

–Iara!

–Diamant!

–Ja falta poc! Aneu amb compte!

El milpeus va avançar en direcció al Príncep dels Gels, lentament, com si volgués temptejar el terreny.

Gunnar no es va aturar fins que no se'l va trobar ben bé al davant. Li arribava fins a mig cap. L'altre es movia amb circumspecció, com si busqués el tubercle que Gunnar subjectava amb la mà dreta. Quan el milpeus va obrir la boca, Gunnar es va haver de contenir per no recular: no s'esperava trobar-se al davant d'aquella filera de dents esmolades. Però va aconseguir mantenir-se immòbil. Va esperar fins a entendre quin seria el següent moviment de Mildents. Les seves antenes el van fregar durant uns instants, cosa que li va provocar esgarrifances, però el príncep es va mantenir al seu lloc. Al final, quan va comprendre que havia arribat el moment oportú, va alçar lleugerament la mà amb el tubercle i el va llançar entre els ullals de Mildents.

El milpeus va semblar agrair-ho molt, perquè li va clavar una queixalada seca. Després, va començar a recular. Es va col·locar en un racó de l'estança, per assaborir-lo en pau, deixant sense vigilància l'entrada de la cova.

–Ha funcionat! –va exclamar Iara.

En aquell moment, el milpeus va alçar el cap i es va aturar.

–Ai, no! Ho deia de broma! Menja, menja, petitó, no et preocupis per mi.

Afortunadament, Mildents va continuar menjant, ben tranquil, i també li van començar a roncar els budells, satisfets.

28
La Cova del Foc Fatal

Diamant, Iara i Gunnar es van acostar a la porta amb una gran cautela. A pocs metres d'ells, Mildents consumia el seu àpat assaborint-ne cada mos. Ningú no l'hauria destorbat ni per tot l'or del món.

La porta de la cova era molt semblant a les altres que havien trobat fins llavors, però, com tot el que hi havia allà a sota, també tenia una forma arrodonida.

–Com és que aquí tot és rodó? –va preguntar Iara.

–Aviat ho entendràs –li va respondre la Princesa de la Foscor. Després, amb una certa dificultat, va obrir la porta, senyal que feia molt de temps que estava tancada.

Es van trobar davant d'una sala on no hi havia cap torxa; semblava una caverna.

–Veniu! –els va dir Diamant.

–Saps què cal fer, germaneta?

–Més o menys... –va contestar ella.

Iara i Gunnar van seguir Diamant. Iara va ensumar l'aire, molt diferent del de l'exterior, més dens i pesant. Allà dins, també era càlid, però era gairebé perfumat. S'hi sentia una flaire de terra escalfada pel sol, de flors i fulles, i també aroma de resina, o de molsa, de totes les olors que trobava a faltar allà baix.

–Els meus sentits no m'enganyen, oi? Aquest perfum és real...

Diamant va assentir.

–Jo també el sento –va dir Gunnar–. Tinc la sensació d'estar a la cova del Gran Arbre. Com és possible?

–El Foc escalfa tot el món i li dóna vida, per això reclou dins seu tots els perfums.

–I on és, el Foc? –va preguntar Iara.

Diamant va assenyalar una resplendor que sorgia darrere un morrot de roca, just al seu davant.

Tots es van encaminar en direcció a aquella llum, encara dèbil.

I ho van veure.

Era una esfera blanca, enlluernadora, embolcallada en una flama que cremava sense produir cap so.

Fluctuava damunt d'un pedestal de cristall alt i estret, com una gemma al cim d'un ceptre reial.

–Ai, caram! –va exclamar Iara.

Diamant va respirar fondo i després s'hi va acostar, com si la volgués agafar amb les mans.

–Vigila! –li va dir Iara.

–Per què? –va contestar la seva germana.

–No et cremaràs? –va replicar Iara.

Diamant va fer que no amb el cap. Recordava les paraules del seu pare i va respondre:

–No, les princeses la podem manejar sense prendre mal. No pateixis.

I la va acollir amb els palmells de les mans. Així que ho va fer, l'esfera es va animar, com per art d'encantament. El foc que l'embolcallava es va tornar més fort i lluminós i les flames eren molt més intenses.

Després, la bola es va encendre amb una llum gairebé encegadora que va il·luminar tota la caverna.

Iara va xisclar. I Gunnar va sentir que perdia el món de vista. Eren al caire d'un precipici, en una caverna que no semblava tenir fi. Era immensa, il·limitada i s'esfondrava en el cor del seu món. Les parets eren com miralls i es componien de milions de cristalls que van començar a brillar com estrelles.

–És preciós –va exclamar Iara.

Gunnar també estava fascinat i no parava de mirar al seu voltant.

–Però ara l'he de treure d'aquí... –va dir Diamant.

Gunnar va anar cap a la porta per comprovar què feia Mildents. El milpeus era al mateix lloc on l'havien deixat, menjant tranquil·lament.

–Molt bé. Encara tenim via lliure –va dir.

Diamant va anar cap a la porta i, un cop allà, es va aturar.

–Per què t'has aturat? –li va preguntar Iara.

–No puc anar més enllà. He de llançar l'esfera des d'aquí.

–L'has de llançar?

–Sí. És per això que el passadís és rodó: perquè el Foc Fatal pugui rodolar ràpidament!

–Però...

–És el que he de fer: quan la deixi anar, l'esfera començarà a rodolar i s'engrandirà fins a ocupar tot l'espai de la galeria. I correrà veloçment en la direcció que li indicaré.

–Quina direcció? –va preguntar Iara.

–Arcàndida.

–I... com? –va tornar a preguntar Iara.

Diamant es va acostar l'esfera als llavis i li va xiuxiuejar:

–Vés amb Nives!

L'esfera va vibrar, com si la recorreguessin unes iridescències.

Després, Diamant va abaixar les mans en direcció a terra i, amb un lleuger impuls, la va projectar cap endavant. L'esfera va començar a giravoltar en l'aire, es va engrandir una mica i es va anar fent més i més grossa, mentre la intensitat de la seva llum també augmentava. Les flames es van fer altíssimes. La van envoltar, com unes gegantines llengües vermelles i grogues, i van desaparèixer.

Gunnar i les dues princeses van observar com s'allunyava, galeria enllà, a una gran velocitat.

Diamant va cridar la papallona supervivent i, tot amanyagant-li les antenes, li va dir:

–Vés-te'n, corre! Vola fins a Terrarotunda i avisa Sequí i els altres que el Foc Fatal ja està de camí. Després, vés cap al Fossat Enfervorit i travessa el passatge màgic. Quan arribis a Arcàndida, entrega aquest missatge a les meves germanes.

Li va lligar en una poteta un rotlle de paper que fins llavors havia tingut guardat entre els plecs del seu vestit. Després va acariciar una ala de la papallona i la va deixar marxar.

Tots tres esperaven de tot cor que sabés trobar el camí de la superfície.

29
Un missatge per a Nives

A Terra-rotunda tothom esperava amb impaciència. Quan Safira va descobrir la papallona en la llunyania, va donar ordre als talps de la guàrdia reial de tancar totes les portes i finestres de palau perquè, si sorgia cap imprevist, el Foc no hi pogués fer gaire mal.

Després va córrer a avisar el seu pare.

–Pare! El Foc Fatal ja està de camí! –va dir.

Sequí va mirar la seva filla i va respondre:

–Ara no podem fer altra cosa que esperar i confiar, perquè tot depèn del rumb que prengui.

El Mestre dels Corrents Obscurs va tancar els ulls i es va quedar en silenci. Al cap d'uns instants, els va tornar a obrir i va sacsejar el cap per manifestar la seva aprovació, sense dir res.

Sequí i Safira havien après a desxifrar els gestos muts del savi. I, en aquell cas, es van animar, perquè el veredicte havia estat favorable.

Llavors es van posar a esperar la tornada de l'expedició, no sense haver dedicat abans un pensament al Regne dels Gels Eterns, aquella cort tan llunyana de la qual només havien sentit a parlar, però a la qual ara se sentien més propers que mai.

~*~

Al cap de poques hores, Gunnar, Iara i Diamant van tornar a Terra-rotunda, extenuats, però esperançats.

Diamant va picar de mans tres vegades davant d'una de les dotze portes, que es va obrir de cop.

Iara es va fixar que no havien tornat per la mateixa porta per on havien sortit. Aquesta la decoraven uns gravats que representaven unes muntanyes molt altes, que li van fer pensar en les Muntanyes Moscades del seu regne.

Diamant, que es va fixar en la mirada atenta de la seva germana, li va dir:

–Sí, és el Regne dels Boscos. El trobes a faltar, oi?

–Una mica, però està en bones mans.

–N'estic segura; si no, no series aquí.

Iara va somriure.

Tots tres van enfilar la galeria d'entrada i, des d'allà, travessant el rebost, van pujar a una balconada. A sota, al gran pati, van veure uns talps que feien guàrdia.

Diamant no va dir res. Va anar cap al saló del tron, on va trobar Sequí, Safira i el Mestre dels Corrents Obscurs.

–Amics meus... –els va dir–. Ja he alliberat el Foc Fatal i he fet el que bonament he pogut per conduir-lo en la direcció correcta. Ara, hem d'esperar.

–Jo me'n torno a Arcàndida! –va exclamar Gunnar.

–No pot ser. Mentre el Foc estigui en moviment, no podràs accedir al Regne dels Gels Eterns des d'aquí.

La princesa parlava en un to solemne, velat per una lleugera emoció. I Gunnar va callar.

–Aneu a saber on és ara... el Foc... –va murmurar Iara, que es va aclofar en una cadira perquè estava desfeta.

El Mestre dels Corrents Obscurs va gesticular en l'aire i, davant seu, va aparèixer una petita guspira, com una cuca de llum. La guspira corria, veloç, fent unes giragonses increïbles.

El Mestre va fer uns altres gestos amb les mans, i la llum va desaparèixer.

Tots es van quedar en silenci, capficats en uns pensaments inquiets en què l'esperança es confonia amb la preocupació. El destí d'Arcàndida encara era incert i, a més, la princesa no podia deixar de pensar en Hortensi: havia enviat un escamot de talps de la guàrdia reial a buscar-lo, però encara no en tenien cap notícia.

Després, una veu tremolosa va interrompre el silenci, que ja era gairebé tan pesant com el plom:

–Que puc passar?

Els ulls dels presents van volar cap a la porta d'entrada.

–Hortensi! –va exclamar Iara–. Hortensi, que ets tu?!

La pregunta, fruit de l'emoció i de l'alegria inesperada, era supèrflua. L'expert horticultor del Regne de la Foscor era allà, una mica pàl·lid i masegat si te'l miraves bé, però ben viu.

La princesa va arrencar a córrer en direcció al jove i el va abraçar, sanglotant.

Hortensi, vermell de vergonya, encara va tenir temps de balbucejar unes paraules abans que les llàgrimes li esquerdessin la veu.

–No us podeu imaginar l'alegria que tinc de veure-us... Quan he recuperat la consciència, la ratapinyada... Calengol... no se n'ha sortit.

El somriure que havia il·luminat un moment abans el rostre de Gunnar es va apagar de cop. El Príncep dels Gels va abaixar la mirada mentre una fiblada dolorosa li travessava el cor. Calengol no solament s'havia esforçat per salvar el regne, sinó que havia arribat a l'extrem de sacrificar la vida per combatre la ratapinyada gegant. Gunnar es va tapar la cara amb les mans: es retreia haver comès l'error de no creure's l'elf. Calengol s'havia convertit en l'enèsima víctima de les maldats del Príncep sense Nom.

«Perdona'm, Calengol», va pensar, «em vaig equivocar i no saps com ho lamento. Però pots estar segur d'una cosa: el teu sacrifici no haurà estat en va».

Diamant va trencar el silenci:

–Provem de descansar una estona, ara. Tots estem trasbalsats i esgotats. Més tard sabrem si el recorregut de l'esfera de foc ha arribat a bon port.

El grup es va dispersar i tots se'n van anar a les seves estances sense posar-hi cap objecció.

–Tu, no –va dir Diamant a Iara–. Vine amb mi!

I la va agafar de la mà.

30
El claustre de les Papallones de Vellut

Iara presenciava l'espectacle més increïble que havia contemplat mai de la vida. Diamant l'havia conduït fins a un claustre on regnava un silenci absolut que només trencava de tant en tant el fregadís de les grans ales de les papallones. Del sostre i del terra naixien unes meravelloses estalactites i estalagmites, que s'atansaven les unes a les altres, per unir-se en unes extraordinàries escultures naturals.

Les columnes del claustre estaven completament cobertes de papallones. Aquells insectes tan grans estaven posats a tocar, de manera que formaven un revestiment preciós, blanc com la neu.

–És un lloc encantador! –va exclamar Iara.

–No et diré pas que no, germaneta. L'ha creat la natura.

–De debò? No l'han esculpit els homes?

Diamant va fer que no amb el cap.

–No. Són, simplement, roques. Unes roques que tenen milers d'anys d'antiguitat. Després que el pare els donés vida, les papallones van venir a aquesta caverna i la van elegir com a llar. Amb el pas del temps, el lent degoteig de l'aigua calcària que flueix per aquestes roques ha esculpit les estalagmites i les estalactites en la

forma que veus. I algunes s'han unit tot creant aquest claustre tan meravellós que, artístic com és, sembla fet per mans humanes, però és fruit d'un disseny de l'artista més gran de tots: la natura.

Iara li va replicar:

–Sé per experiència que molt sovint la natura crea unes coses tan belles que l'home no se les pot ni imaginar.

En aquell moment, una papallona es va desenganxar del claustre.

D'altres la van imitar immediatament.

Va ser un espectacle d'una bellesa indescriptible per als ulls de les princeses: grans pètals blancs giravoltaven en una dansa en l'interior de la gruta, com flocs de neu del llunyà Regne dels Gels. Les ales produïen un fregadís suau i delicat, gairebé semblava un cant, una música que va omplir de pau els cors de Diamant i de Iara.

Després, les papallones es van posar en una de les parets de la gruta, formant el dibuix d'una flor amb les seves ales vellutades.

–Fixa-t'hi! Sembla ben bé una flor de la veritat! –va exclamar Iara, fascinada.

–Quina mena de flor és aquesta? –va preguntar Diamant.

–Una de molt especial. Si la toques després d'haver

dit una cosa, revela si és mentida o no –va respondre la seva germana.

–De debò? Em seria molt útil tenir una flor d'aquestes, aquí... –va comentar amb amargura la princesa.

–La pròxima vegada que et vingui a veure te'n portaré una –va afegir Iara.

–Que bé, així podré reconèixer totes les boles que m'expliques! –va dir Diamant, petant-se de riure.

Iara se'n recordava prou bé, d'aquella rialla, cristallina i eixordadora com una cascada, que ja des que era petita ressonava per les estances i els passadissos i sempre li havia produït una gran alegria.

Les papallones es van tornar a posar en moviment i, aquesta vegada, van donar vida a un arbre. Després, van formar un animal que s'assemblava a un felí.

–Diamant! És increïble! Dibuixen coses que pertanyen al meu món...

–És la seva manera de dir-te que estan molt contentes que siguis aquí.

–Que amables! Tu creus que es podrien adaptar a viure als meus boscos?

–Potser alguna decidirà seguir-te. Vés a saber...

La dansa de les papallones va continuar fins que les dues germanes, agafades de la mà, es van adormir.

31

El retorn de Helgi

El palau reial de Terra-rotunda s'havia esfondrat en un silenci absolut.

Al llarg de les galeries, a les sales, a la cuina... no se sentia cap soroll.

Tots descansaven, vençuts per l'esgotament i la tensió de la jornada. Fins i tot Gunnar, que s'havia passat hores contemplant el sostre de roca pensant en la seva Nives, havia cedit al cansament.

Només hi havia una persona que no dormia. Caminava amb pas lent i fatigat en direcció a palau, arrossegant els peus i coixejant. De tant en tant, es repenjava a les parets de la galeria per reposar, però després reprenia el camí, fins a la parada següent.

A poc a poc, aquella figura va aconseguir arribar fins a una de les dotze portes i allà es va deixar caure, extenuat.

Així que els dos talps guardians es van adonar de la seva presència, un d'ells se li va acostar amb la llança entre les potes. El va ensumar per provar d'entendre qui tenia al davant. Li va semblar que el reconeixia, per això se'n va apartar i va fer un xiscle al seu company, que també va xisclar.

Després, el primer talp va picar tres vegades a terra amb el mànec de la llança perquè li obrissin la porta.

L'home va mirar la galeria que s'obria davant seu i es va aixecar. La va embocar, va caminar molta estona i, quan va arribar al final de tot, va caure a terra sense sentits.

~*~

Safira va ser la primera de desvetllar-se.

No sabia ben bé quina hora era, però tenia molta set i per això es va encaminar a la cuina.

Encara estava una mica endormiscada quan, caminant per una de les galeries de palau, es va entrebancar amb alguna cosa. A les palpentes, va intentar esbrinar què era aquell embalum amb què havia topat, i es va adonar que era una cosa grossa.

Era un home.

–Oh! –va exclamar–. Però si és... Helgi!

Es va acostar al jardiner. Li va tocar el front i va notar que tenia molta febre.

Es va oblidar de la set i va córrer a avisar el seu pare.

Sequí va seguir la seva filla, panteixant. Poc després, va arribar un fennec amb una carbassa plena d'aigua penjada al coll. El preceptor semblava molt preocupat.

–Vés a avisar el príncep Gunnar, les princeses i també Hortensi, tot sol no el podré aixecar de terra.

Safira se'n va anar corrents. Mentrestant, Sequí va refrescar el rostre del jardiner i li va donar un got d'aigua.

Helgi el va acceptar, mig atordit, i va beure. I beure.

Gunnar i Hortensi van arribar poc després. Trobar Diamant i Iara va ser més difícil, perquè dormien al claustre de les papallones.

–Helgi! Què us ha passat? –li va preguntar Diamant.

Gunnar i Hortensi van provar d'aixecar-lo amb delicadesa. Llavors, tot de sobte, Helgi va obrir els ulls.

–Helgi, com us trobeu? –es va esverar Diamant.

–D'aquella... manera... princesa!

–Us ajudaré a aixecar-vos –va dir Gunnar.

–Gràcies, Gunnar, m'alegro de veure-us.

Llavors, va dirigir la mirada cap al rostre de Iara i els ulls se li van reviscolar de cop.

–Però si tu ets Iara! La petita Iara!

La Princesa dels Boscos li va fer un somriure.

Helgi va tancar els ulls, respirava feixugament.

–Aneu a avisar els fennecs! Porteu-me totes les medecines del regne! Helgi ha tornat! –va ordenar Diamant. I va afegir:– Portem-lo a l'Estança dels Pensaments! Hi ha uns sofàs molt còmodes, l'ajeurem allà.

«A més», va pensar la princesa, «és el lloc més adequat per esbrinar com està la situació...».

32
L'Estança dels Pensaments

Diamant i els altres van anar a l'Estança dels Pensaments i van ajeure Helgi sobre un sofà. L'estança, que estava excavada a la roca, com totes les altres de palau, tenia un sostre en forma de cúpula, perfectament esfèric. A terra, hi havia uns suports de fusta damunt dels quals s'assentaven uns canapès de tela marró amb una pila de coixins inflats com flocs de cotó al damunt.

Diamant va esperar que Safira li portés uns flascons de sals i una gasa, i després va atendre el jardiner.

–Encara us sentiu tan dèbil? –li va preguntar amb tanta delicadesa com li va ser possible.

–No, ja no, princesa. Gràcies.

Diamant li va fer un somriure molt dolç. Tot seguit, va succeir una cosa molt estranya.

«Us estimo tant, filles meves!».

La Princesa de la Foscor es va sobresaltar.

El flascó li va caure de les mans i es va trencar en mil trossos.

Les altres persones que hi havia presents a la sala també van alçar la mirada, amb els ulls esbatanats per la por i la sorpresa. Qui havia parlat?

Iara, més que ningú, estava consternada, incrèdula. Havia sentit unes paraules, n'estava segura, però no havia badat boca ningú; d'això, també n'estava segura.

Diamant, en canvi, va observar Helgi un instant i, després, es va concentrar en les cures.

–Ja està... us trobareu més bé de seguida...

Llavors, van tornar a sentir molt clarament: «Tot anirà bé, filletes estimades».

Aquesta vegada, cap dels presents no va pensar que ho havia sentit malament.

Iara va ser la primera de parlar:

–Que ho heu sentit? Qui ha parlat?

En aquell moment, Diamant va mirar els ulls de Helgi.

–Pare? –li va demanar amb veu tremolosa–. Pare? Sou vós?

«És clar que sóc jo! Qui vols que sigui?», pensava Helgi, i l'estança va repetir aquell pensament. Per això, per tercera vegada, tots van sentir nítidament el que passava per la ment de Helgi, el jardiner.

Diamant el va abraçar i el va estrènyer amb força. Iara, en canvi, no entenia res.

–Què passa? Sisplau, sisplau, expliqueu-m'ho!

Sequí va fer un pas endavant.

–És que resulta que aquí... a l'Estança dels Pensaments, els pensaments són lliures de vagar d'una ment a una altra. Per això heu sentit aquelles frases. Com nosaltres, que també les hem sentit...

Iara va fer uns ulls com unes taronges.

–No m'ho puc creure... Vós heu dit «filletes meves»... Per tant, sou... ets... el nostre pare? –li va preguntar, posseïda per una emoció tan forta que li feia rodar el cap i tot.

Va buscar consol en Gunnar, en els altres, però ells no podien dir ni fer res.

–Però és que no us hi assembleu. La vostra cara, el vostre cos...

Fent un gran esforç, Helgi va provar d'aixecar-se.

–Tens raó, petitona. La fesomia que veus no és la meva... però... ai, com us ho podria explicar?

–Pare! –va cridar Iara mentre s'abraçava al rei. Potser la cara i el cos eren diferents, però la veu, aquella veu, era la mateixa que sentia cada nit, en els seus somnis i en els seus records.

Ell li va amanyagar el cap amb dolcesa. Experimentava tot de sentiments contradictoris. Se sentia cansat i feliç alhora, satisfet i preocupat pel que l'esperava, i perquè, sense cap preparació prèvia, havien descobert la seva autèntica identitat.

Feia molt de temps que el rei somiava tornar a abraçar les seves filles i poder-se mostrar a elles tal com era de debò, però ara que ho feia, el pensament de tot el que havien d'afrontar no li permetia gaudir plenament del moment. No era tal com s'ho havia imaginat. Però era igual de meravellós.

–Per què estàs tan preocupat? –li va preguntar Diamant.

–Us he d'explicar una història molt llarga, si teniu paciència per escoltar-me. I si em concediu el perdó!

En sentir aquelles paraules, Gunnar, Sequí, Safira i Hortensi van anar per sortir de l'estança, després d'haver fet una gran reverència al Rei Savi.

–Espereu-vos! –va dir el rei–. No tinc secrets per a vosaltres. Si les meves filles hi estan d'acord, desitjo que vosaltres també escolteu el que he de dir. Quedeu-vos, sisplau.

–Si ens ho demaneu vós... Els vostres desitjos són ordres –va dir Sequí, que va tornar a ocupar el seu lloc, com van fer també Safira i Hortensi.

«Mil pastanagues gegants! Estic en presència de l'autèntic rei! Si ho sabessin els pares...», va ressonar en l'Estança dels Pensaments.

I amb un últim somriure dedicat a Hortensi, tots es van disposar a escoltar.

33

L'escalfor dels gels

Molt lluny de Terra-rotunda, en la gran extensió gelada d'Arcàndida, una profunda inquietud turmentava la princesa Samah.

Havia passat molt de temps des que Gunnar primer i Iara després s'havien llançat al Fossat Enfervorit i, des de llavors, no n'havia tingut notícies. En canvi, el gel en què estaven empresonats Nives i la seva cort s'espesseïa cada vegada més. Ja tenia un color blau molt preocupant, perquè era bastant fosc.

La Princesa del Desert ja no suportava estar tancada dins d'aquell palau gèlid, per això va decidir sortir a prendre l'aire.

–No t'allunyis, sisplau! –li va suplicar Kalea–. El

Foc Fatal arribarà d'un moment a l'altre... Ho pressento!

–Amb aquest fred que fa, no m'allunyaré pas gaire –va dir Samah mentre s'abrigava amb un mantell molt gruixut.

La seva germana sempre havia estat una noia molt sensible, però ella era pràctica i tocava de peus a terra. Desitjava que el Foc arribés al més aviat possible, però la realitat és que no succeïa res.

Afligida per aquests pensaments, es va dirigir a l'entrada i va trobar Purotu, que muntava un llop.

–On eres?

–He cavalcat per tota la planura. Feia un fred que pelava, però ha estat meravellós –va dir el noi amb les galtes vermelles per l'acció del vent glaçat.

–Val més que entris abans no et posis malalt.

–Hi ha hagut cap novetat?

La princesa va fer que no amb el cap, i després va anar cap al pont llevadís, que es va abaixar immediatament per damunt del fossat. La princesa va tenir una esgarrifança quan una ràfega de vent glaçat se li va ficar per sota del mantell.

Es va abocar al parapet del pont i va contemplar el buit que hi havia a sota, profund i xuclador.

Va passar revista als últims esdeveniments: l'arribada de Gunnar i Kalea a Rocadocre, la fugida de Daishan, Robí Blau... Trobava a faltar l'Avi, els seus cosinets i Amira, la seva euga. Trobava a faltar el seu regne, la sorra roent i el desert que desorienta, i desitjava que ben aviat tots els sacrificis que portaven a terme ella i les seves germanes tinguessin una recompensa.

Amb aquella confiança al cor, va sentir un soroll en la llunyania. Va alçar el cap per escoltar més bé i es va adonar que venia del fossat. Semblava la fressa que fan les capçades dels arbres empeses pel vent. I cada vegada era més fort. Samah, encuriosida, es va quedar mirant-ho. No va haver d'esperar gaire estona abans de veure una cosa que s'obria pas en la boira atapeïda del fossat: era una mena de llum, com un sol que s'acostava ràpidament i anava prenent una forma definida.

–El Foc Fatal! Podria ser el Foc Fatal! –va exclamar en veu alta, provant de mantenir la calma.

Va esperar uns instants, fins que aquella llum va ser tan a prop que va confirmar les seves esperances.

No podia ser altra cosa que el Foc Fatal, una bola de llum ardent, que ja començava a escalfar l'aire al voltant d'ella.

Quan la bola va arribar al pont, es va apartar i va arrencar a córrer tan de pressa com va poder en direcció a palau. Havia d'avisar tothom!

Samah va obrir de bat a bat la porta d'entrada de palau i va irrompre a la sala on es trobava el bloc de gel que empresonava la cort.

Tenia l'ímpetu d'una tempesta de primavera.

Purotu explicava a Kalea la seva cavalcada.

–Ja hi som! –va cridar Samah.

–Què passa? –li va preguntar Kalea, espantada.

–Ja ha arribat. El Foc és aquí! Està pujant pel fossat!

Tots es van posar alerta.

–Què hem de fer? Ja no me'n recordo! –va preguntar Kalea.

–Primer de tot, calma't. No ho sap ningú! –va respondre Samah.

–Purotu! Vés a buscar Haldorr, corre! –va dir Kalea.

–De seguida, germaneta!

El noi va sortir immediatament per anar a buscar el bibliotecari.

Mentrestant, el Foc ja ultrapassava la porta d'entrada d'Arcàndida. Les dues princeses el van veure entrar a la sala lentament, rodolant per damunt del gel com si fos un ésser vivent. Desprenia una llum gairebé encegadora i una calor molt forta, però que no cremava. Escalfava l'aire i els cors endurits per la preocupació.

Mentre Samah i Kalea el contemplaven, es van abraçar, contentes. Al cap de poc, van arribar Purotu i Haldorr.

–No em crec el que veuen els meus ulls! –va dir l'ancià bibliotecari contemplant la bola de foc que estava immòbil davant d'ells–. He llegit molt sobre l'escalfor del món, però no m'hauria imaginat mai que me la trobaria en persona, davant meu.

–Què hem de fer? –va preguntar Samah.

–Nosaltres, res. El Foc mateix trobarà la manera per obrir-se pas en les capes de gel. És una lluita entre l'esperit del foc i el del gel, i el qui trobi el punt dèbil de l'altre, lentament, el derrotarà.

–No correm el perill que no se'n surti?

–Sí, com en tot. Però si ha arribat fins aquí...

–Estic tan emocionada! –va dir Kalea–. Ànim, Foc! Has de fondre el gel!

–No ets tu qui l'ha de convèncer. És l'equilibri del món que li dirà què ha de fer! –va dir Haldorr posant-se bé les ulleres–. Si més no, és el que està escrit als llibres.

Just en aquell moment, per una de les finestres de la sala, va entrar una meravellosa papallona blanca.

34
Missatges

L'esfera de foc, gran i lluminosa, es va posar ben bé al costat del bloc de gel que empresonava Nives.

Al punt més proper i exposat a l'escalfor, l'espessa capa blavosa començava a aclarir-se, de manera lenta, però constant. Els ulls dels presents anaven d'aquesta escena a la gran papallona que s'havia posat al respatller d'un sofà.

–La papallona porta una cosa lligada a la pota! –va exclamar Kalea.

Samah va córrer a veure de què es tractava: era una nota enrotllada i lligada amb una cinteta.

La Princesa del Desert la va agafar, la va portar on tots la poguessin veure i llavors la va llegir.

–És de Diamant. Diu que ens reunim amb ella al Regne de la Foscor així que es fongui el bloc de gel.

–Vols dir que nosaltres també ens haurem de llançar al Fossat Enfervorit? –va preguntar Kalea, amb la por pintada a la cara.

–Sí! Ja era hora! –va comentar Purotu, que es moria de ganes d'emprendre més accions, amb l'esperança de tornar a casa ben aviat.

–No hi ha cap altra manera... –va dir Samah, somrient divertida per la reacció del noi.

Aquell ímpetu li feia pensar en la seva germana Iara i en ella mateixa, uns quants anys abans.

–Escrivim-li que si el Foc fon el gel... hi anirem! –va proposar Haldorr.

Va sortir ràpidament de l'estança i hi va tornar poc després amb paper i una ploma que va entregar a la Princesa del Desert.

Estimadíssima Diamant, el Foc ja ha arribat i tots nosaltres esperem tornar a abraçar Nives i la cort ben aviat.
Ens posarem de camí així que puguem.
Desitgem de tot cor que estiguis bé.

Samah i Kalea

Kalea va agafar la cinta i, amb molta delicadesa, la va entortolligar al voltant de la fina poteta de la papallona, que es va quedar immòbil fins que la Princesa dels Coralls va acabar de lligar-li la nota.

–Ja te'n pots anar –li va dir Kalea.

La papallona va emprendre el vol i, amb la gràcia d'una dansarina, va fer uns quants tombs per la sala i després en va sortir.

~*~

Va passar cosa de mitja hora. Una llum ambarina i càlida que reconfortava el cor i l'esperit dels qui presenciaven la lenta tasca de l'esfera de foc embolcallava l'estança.

El Foc va començar a bellugar-se: girava al voltant del bloc de gel, com si es volgués distribuir més uniformement sobre la seva superfície.

A poc a poc, el gel s'aclaria, passava del blau marí a l'atzur i al blau cel, com si alguna cosa li xuclés el color.

–Mireu! El terra és ple d'aigua! –va exclamar Samah.

Ben cert: tot de regalims d'aigua lliscaven pel bloc de gel i formaven uns petits bassals que s'eixamplaven als ulls de tots.

–El gel es fon! –va exclamar Kalea, exultant.

–Aparentment... –va constatar Haldorr, encara incert.

–Sembleu perplex –va observar Purotu.

–Fins que no s'hagi fos l'última capa del bloc, no estaré tranquil.

–Tot anirà bé, n'estic segura! –va replicar Kalea, amb el seu optimisme innat.

Samah, en canvi, mirava el gel amb una expressió seriosa. Ella, com el bibliotecari, també esperava veure Nives i sentir-la parlar abans d'exultar d'alegria.

L'aigua inundava el terra per moments i els mullava els peus a tots. Però no els importava gens. Aquella aigua era benvinguda perquè era el senyal de la imminent alliberació dels presoners del gel.

35
La història del Rei Savi

El Rei Savi seia en un dels còmodes sofàs de l'Estança dels Pensaments. Al seu voltant, tothom esperava que comencés a parlar, sobretot Iara i Diamant, que havien acceptat el seu paper de princeses i havien suportat el destí de germanes separades, pensant que era ineludible.

–Una part de la història ja la coneixeu, filles meves. Però és convenient repetir-la perquè tothom la tingui clara. Anys enrere, quan encara éreu unes criatures, vaig derrotar el Vell Rei i vaig dividir el regne en cinc parts, confiant-ne una a cadascuna de vosaltres. Vaig utilitzar la màgia per adormir la cort del Rei Malvat i fer-la vagar enmig del mar, en una illa envoltada per la boira, de manera que ningú la pogués trobar ni desvetllar. Malauradament, no tothom hi era present quan vaig cantar la Cançó de la Son: no vaig saber trobar el fill del rei, el Príncep que vosaltres anomeneu sense Nom. Em creia que s'havia mort durant els combats, però no: simplement s'havia amagat. Al llarg dels anys, s'ha convertit en un home i ha covat la seva venjança. Només tenia una manera per satisfer la seva malvada set de revenja: tornar a governar els Cinc Regnes, però, abans, havia de desvetllar el seu pare i tota la seva cort del son en què jo els vaig fer caure. Com? Primer havia de recuperar les paraules de la Cançó de la Son i cantar-la novament. D'aquesta manera, transformaria la son en vetlla. Per aconseguir-ho, necessitava trobar els cinc fragments de la cançó, les estrofes... que us vaig confiar a cadascuna de vosaltres. Us vaig separar, pensant que era impossible que us ataquessin totes cinc alhora, però em vaig equivocar. Vaig subestimar la seva crueltat i el poder de la seva màgia. I ara que té les estrofes... em fa por que, d'un moment a l'altre, desvetlli la cort malvada i...

La frase va quedar suspesa en l'aire.

–També té la meva, pare –va dir Iara.

–Ja ho sé.

–I la de Samah –va afegir la princesa.

–Que, junt amb les de Kalea, Diamant i Nives, completen les cinc. S'ha apoderat de totes les estrofes!

–I ara què fem? –va tornar a preguntar Iara.

–L'haurem de derrotar a l'únic lloc on ell creu que no anirem: la Roca de la Son.

–Per això has baixat al meu regne, oi? –li va preguntar Diamant.

–Sí, petitona. Ja saps que el passatge per accedir a la Roca de la Son és precisament aquí, al Regne de la Foscor.

–De debò? –li va preguntar Iara, sorpresa.

El rei va assentir.

–Només ho sabia Diamant. Cadascuna de vosaltres sap una part de la història i dels secrets del Gran Regne. Em pensava que com menys coses sabéssiu, més segures estaríeu.

–Per què vas

adoptar la fesomia del jardiner? –li va preguntar Diamant, llavors.

–Sóc conscient que us deu estranyar molt trobar-vos davant de Helgi, el jardiner, i creure-us que darrere d'aquest aspecte hi sóc jo, el rei, el vostre pare. Durant molt de temps, a mi també se'm va fer molt estrany observar Nives, que creixia al meu costat, i no poder-la abraçar com una filla, haver-ne d'estar al marge. Però sempre he vetllat per ella i per totes vosaltres, encara que fos de lluny.

–Nives sempre va ser la teva preferida –va dir Diamant.

–No és pas veritat! Ni t'ho pensis! Em vaig veure obligat a transformar-me en la persona que veieu ara així que vaig descobrir que el fill del Vell Rei estava amagat en algun lloc. Sabia que es voldria venjar de mi. I m'imaginava que provaria de fer mal a alguna de vosaltres. El que no em podia imaginar era que us atacaria a totes cinc, tal com ha fet. En fi... ja està fet. Vaig triar la fesomia de Helgi perquè el seu caràcter esquerp i solitari em proporcionava una bona excusa per viure sol; a més, a la caverna del Gran Arbre hi ha un accés secret a tots Cinc Regnes i, des d'allà, em podia desplaçar més fàcilment d'un regne a un altre, controlar com estàveu i veure els progressos que fèieu. És un passatge llarg i tortuós, per això vaig arribar aquí després de Gunnar i Iara, tot i haver marxat del Regne dels Gels molt abans que ells.

–Però, si tu no ets Helgi... On és l'autèntic Helgi? –va preguntar Iara.

–És una història molt llarga, petita, i ara no tinc temps per explicar-la. Però ho faré un altre dia, us ho prometo.

–Hi ha una altra cosa que no entenc –va dir Diamant–. On vas estar, després de desaparèixer?

–Quan em vaig adonar que havia arribat tard, i que ja havia robat la cinquena estrofa, vaig decidir anar a la Roca de la Son tot sol, perquè no us hi volia implicar, però no me'n vaig sortir. Jo ja havia protegit el passatge que mena a la Roca amb enigmes, paranys i obstacles, però el príncep se'm va avançar posant-hi unes altres trampes que jo desconeixia. Ho va fer per protegir-se i impedir-nos l'accés a la Roca. I, de moment, se n'ha sortit. Em vaig adonar que necessitava la vostra ajuda, per això vaig tornar enrere. No podrem vèncer el príncep si no ens ajudem entre tots.

En aquell moment, el rei es va interrompre. Una papallona blanca acabava d'entrar a l'Estança dels Pensaments.

–Ha tornat! La meva amiga fidel és aquí! –va dir Diamant, mentre la papallona se li posava delicadament al palmell de la mà–. Notícies d'Arcàndida!

–Samah i Kalea! –va exclamar Iara.

La Princesa de la Foscor va deslligar el pergamí que la papallona duia a la poteta.

Va llegir el missatge i el va cloure entre les mans.

–Ens n'hem sortit! El Foc Fatal ha pujat a Arcàndida!

Hi va haver un aplaudiment unànime i tots es van abraçar, feliços.

Al final, el rei es va aixecar.

–Filles meves, fins ara, heu estat molt valentes, però, d'ara endavant, se us exigirà una força i una determinació encara més grans. El que ens espera és difícil i perillós d'afrontar. N'heu de ser ben conscients. Encara no l'hem perduda del tot, la partida amb el príncep.

–Aviat arribaran les nostres germanes! –va exclamar Iara.

–Per fi tornarem a estar junts, després de tants anys!

–Però no hi serem tots, com abans. La mare... –va dir Diamant, sense acabar la frase.

–Sí, sense ella, no serà el mateix –va observar Iara–. Però, sigui com sigui, estarem més bé que ara!

–Em perdoneu el mal tràngol que us he fet passar? –va preguntar el Rei Savi, al final de la conversa.

No calien les arts de l'Estança dels Pensaments per sentir-ne la resposta.

36

Lliures!

Mentre al Regne de la Foscor Iara i Diamant s'alegraven per la imminent reunió de família, al Regne dels Gels l'esfera de foc continuava la seva tasca, lenta i constant. El bloc massís en què el Príncep sense Nom havia empresonat Nives ja s'havia fos gairebé del tot. Les parets, cada vegada més primes, s'havien convertit en els bassals d'aigua que amaraven el terra.

–Ja falta poc –va observar Samah, amb els ulls clavats en el gel restant i els rostres encara immòbils.

–Ens en sortirem! Ens en sortirem! –va exclamar Kalea, amb els ulls brillants i ansiosos per tornar a acariciar el rostre de la seva germana.

Haldorr, d'una manera més continguda, també manifestava la seva felicitat amb un somriure.

Purotu observava fascinat l'esfera, un objecte misteriós, el tresor de l'aventura més emocionant de totes. No coneixia Nives ni la seva cort, però en tenia moltes ganes i estava content perquè la part nova de la seva família aviat seria lliure i podria parlar i respondre les seves preguntes. Pensava en Naehu, el seu germà, que s'havia quedat al Regne dels Coralls. Quantes coses li explicaria quan hi tornés! Segur que de tot allò en sorgiria una poesia meravellosa, que potser escriuria a la fina sorra de la Platja Gran.

–En què penses, Purotu? –li va preguntar Kalea, en veure'l tan capficat.

–En moltes coses alhora. És difícil d'explicar. Em moro de ganes que el gel s'acabi de fondre.

Kalea el va abraçar en un rampell d'afecte.

Ella compartia del tot els sentiments del noi.

Llavors va passar una cosa que, als ulls dels presents, tenia un no-sé-què de miraculós: una mà que ja havia quedat lliure del gel va moure un dit.

–Que ho heu vist? –va preguntar immediatament Kalea.

–Sí! S'ha mogut! –va confirmar Samah.

–És la mà d'Arla, una de les dues cuineres! –va precisar Haldorr.

–Això vol dir que és viva, que aviat hi podrem parlar! I que els altres també...

–No et precipitis, Kalea. Esperem una mica. No podem cantar victòria fins que el gel no s'hagi fos del tot –la va renyar Samah, amb el seu habitual sentit pràctic.

Kalea no va protestar. Va tornar a contemplar la mà de la cuinera i, de tant en tant, mirava la resta del grup.

El següent moviment no es va fer esperar gaire.

–Us hi heu fixat? L'altra dona també ha mogut una mà! Com es diu, Haldorr? No me'n recordo...

–Erla, princesa Kalea.

–Mircu! La princesa Nives també s'ha mogut –va afegir Purotu.

Era veritat. El cap coronat de cabells rossos i finíssims de Nives s'havia inclinat imperceptiblement cap a la dreta. Però els seus ulls encara estaven immòbils.

–M'imagino que passarà un cert temps abans que els seus cossos «es despertin» de la torpor a què els ha sotmès el fred de la seva presó –va observar el bibliotecari.

La cort començava a donar senyals de vida, primer dèbils i després més concrets i significatius. Fins que

Olafur, el majordom, va esbatanar els ulls amb molta energia, com si tingués les parpelles encolades.

–Olafur –el va cridar Haldorr, mentre se li acostava lentament.

L'home el va mirar i, amb la seva calma proverbial, li va dir:

–Bon dia, Haldorr. Em fa l'efecte que avui he dormit més del compte.

Tothom va esclatar a riure, contents perquè el majordom estava bé. La tensió es fonia al mateix temps que el gel.

A poc a poc, els altres habitants de la cort es van despertar de la seva letargia forçada. Tots, tret de la princesa, que continuava tenint els ulls tancats i feia petits moviments amb el cap.

Quan es va fondre tot el gel, la bola d'escalfor es va aturar. Tots la van observar, curiosos per saber què passaria. S'estava immòbil al mig de la sala, les flames que l'envoltaven eren més tènues i l'escalfor menys potent.

–Què fas, Arla? Que no veus que em trepitges un peu? –va dir Erla.

–No, maca, no. En tot cas, és el teu peu que s'ha ficat sota el meu! –va replicar Arla.

–Aquesta sí que és bona! Si no mengessis tant, potser... –va afegir Erla.

–Sisplau, senyores! Us acabeu de despertar i ja us baralleu?! –va intervenir Haldorr.

Les dues cuineres es van intercanviar una mirada interrogativa.

–Ja et vaig dir que no ens mengéssim la sopa d'ortigues blaves! T'ho vaig dir! Són soporíferes –va afirmar Arla.

–Però si va ser idea teva!

–No és pas veritat!

Les dues germanes van continuar la picabaralla fins que es van adonar que hi havia més persones a la sala.

Quan van veure les dues princeses i Purotu, van obrir molt els ulls i van callar de cop.

Mentrestant, s'havia desvetllat la resta de la cort: la tia Berglind, les cosinetes Talia i Thina, Olafur i els pingüins.

Miraven al seu voltant, desorientats i una mica marejats.

–Què ha passat? –va preguntar de seguida la tia Berglind, angoixada–. Nenes, esteu bé? –va preguntar a les seves nebodes.

–Sí, tieta. Molt bé –va respondre Talia.

Després, es va tombar cap a la seva germana petita.

Thina va obrir la boca i va proferir un udol fortíssim que va fer estremir tots els presents, sobretot Kalea i Purotu, que no estaven avesats a aquest «vici» de la nena.

Però va ser gràcies a aquest udol que Nives, finalment, va obrir els ulls.

–Princesa! –va exclamar Haldorr.

Nives va entretancar els ulls, per habituar-se novament a la llum, i després va centrar la mirada en les persones que tenia al davant.

Va haver d'enfocar les imatges unes quantes vegades abans de poder veure alguna cosa.

–Haldorr, sou vós? I Gunnar? No el veig.

–És una història molt llarga, princesa, però està bé –li va dir, per tranquil·litzar-la. No sabia del cert si el Príncep dels Gels estava sa i estalvi, però tenia el pressentiment que sí.

Nives va trigar uns instants a convence's que les dues noies que tenia al davant eren les seves germanes. Se n'havia separat quan encara eren unes nenes. I ara...

–Nives! –va saltar, feliç, Kalea, mentre corria a abraçar-la.

Samah també s'hi va acostar, silenciosament. Feia molt de temps que esperava aquest moment, i ara li feia por consumir-lo massa de pressa.

–No puc creure el que veuen els meus ulls –va dir la Princesa dels Gels–. Les meves estimadíssimes germanes!

–Nives! –va cridar Kalea, que plorava d'alegria.

Kalea la va estrènyer amb força, amb tot l'afecte que havia guardat dins del cor durant tots els anys d'allunyament.

–Samah!... Quina alegria tornar-vos a veure! –va dir Nives.

–Però... que sigueu aquí, significa que ha passat alguna cosa greu... –Llavors va fer una ràpida mirada circular a la sala. Tota la seva cort era allà, prop d'ella. I el terra estava inundat d'aigua.

Començava a recordar.

Es va apartar de Samah i es va tapar la cara amb les mans:

–Ai, no! El Príncep sense Nom... L'estrofa... Gunnar... On és Gunnar? Va anar al Regne dels Coralls per avisar-te, Kalea, del perill del príncep. Hi has parlat? –va preguntar, preocupada.

–Calma't, Nives. –Samah va provar de tranquil·litzar-la.– Gunnar està bé, t'ho prometo. Ja te'n parlaré després, però ara ens has d'explicar el que et va passar, a poc a poc.

–De debò que està bé?

–Sí, no passis ànsia.

–No sé què faria si li passés alguna cosa...

–Què et va passar, Nives?

Nives s'ho va rumiar uns instants, i després va començar a relatar la seva història.

37

La història de Nives

–Ja era gairebé l'hora d'anar a dormir –va començar Nives–. Me'n recordo bé perquè aquell dia em sentia estranyament cansada i ja tenia ganes de ficar-me al llit. Em trobava en aquesta sala i tot just havia acabat de llegir un llibre, quan vaig sentir passos al passadís. Vaig sortir de la sala per anar a la meva estança i vaig veure una silueta fosca. Vaig continuar avançant perquè estava convençuda que era Olafur o Haldorr, però m'equivocava. Era un home que no havia vist mai. Si més no, m'ho pensava, perquè després vaig reconèixer els seus ulls, malvats i cruels. Eren els ulls del príncep Herbert de Lom o de l'home que es va fer passar per ell aquí, a Arcàndida!

–Com s'entén? Explica't més bé –va dir Samah.

–Mira, tot va començar amb la festa que va organitzar la tieta Berglind per trobar-me marit...

–Ho vaig fer amb bona intenció, xata. Com em podia imaginar que... –va dir una veu que provenia d'un sofà.

–Ja ho sé, tieta. Ja ho sé. Deia que, en ocasió de la festa, es van enviar invitacions a dotze prínceps, però només se'n va presentar un, el príncep Herbert de Lom. De seguida vaig notar que tenia un no-sé-què que no em feia el pes. Era un home misteriós: gèlid en el fons i, de vegades, excessivament mel·liflu. I tenia una mirada ferotge. Al final, va demostrar que era un malvat, i va provar de matar el meu Gunnar.

–Què vas fer quan vas descobrir que tornava a ser a Arcàndida? –li va preguntar Kalea, espantada.

–Vaig cridar demanant ajuda –va respondre Nives.

–I ell què va fer? –va demanar Samah.

–Em va obligar a tornar a la sala. I em va deixar cridar. Volia que reunís tothom aquí per portar a terme el seu pla. Ho enteneu? Vaig ser jo qui els va fer caure al seu parany! –va dir, recordant aquells moments tan terribles.

–No ho digueu, això, princesa –va fer Olafur.

–És clar, Nives, tu vas fer els possibles per impedir-ho –va afegir la tia Berglind.

Samah va acuitar la seva germana:

–Què va passar, després?

–Quan vam estar tots reunits... Més ben dit: tots, no. A més de Gunnar, hi faltava Helgi, que ja feia dies que havia desaparegut. Em vaig alegrar de tot cor que ell tampoc no fos a la cort en aquell moment. Però, alhora, estava preocupada.

–No patiu: estic convençut que Helgi està bé –va afirmar Haldorr amb una lluïssor estranya als ulls.

–Bé, doncs, tots érem aquí, en aquesta sala. El príncep ens observava amb una expressió de rapinyaire. Va ser llavors que ens va revelar la seva identitat. Ens va dir que era el Príncep sense Nom, el fill del

Vell Rei, l'enemic acèrrim del pare, i que havia vingut amb un sol propòsit: apoderar-se de la meva estrofa. Em va exigir que l'anés a buscar. Em va assegurar que, si l'hi entregava, no em faria mal ni a mi ni a la meva cort. Vaig decidir obeir-lo. No tenia cap alternativa ni mitjans per oposar-m'hi. Estàvem sols, els llops eren fora. No ens podia defensar ningú. Per això vaig anar a buscar l'estrofa i l'hi vaig donar. Quan em va agafar de les mans el cilindre de pell, em va llançar una mirada triomfant i em va dir que havia estat una bona minyona i que em donaria la recompensa que em mereixia. Em vaig sentir defallir. Sabia que passaria alguna cosa terrible. No m'equivocava...

–Què va fer? –va preguntar Kalea, angoixada.

–Es va treure de la butxaca un fragment de gel que semblava una estalactita petita. Era estrany, tot blau. Després, el va llançar a terra, a prop nostre. Quan es va clavar a terra, va desprendre una mena de volves que s'assemblaven molt als flocs de neu, però eren infinitament més fines. Ben aviat ens van embolcallar completament. Giraven al nostre voltant i, sense que ens n'adonéssim, van construir una barrera de gel, cada vegada més gruixuda. Després d'allò, ja no recordo res més.

–Pobra Nives! –va dir Samah–. Vas sofrir? Paties pel fred?

–No, no vaig sentir res. Tinc la sensació d'haver dormit durant molt de temps... Com us ho heu fet per fondre el gel? Ell va utilitzar un encanteri contra nosaltres!

–Però si els encanteris estan prohibidíssims! I ara! Com es va atrevir? –va exclamar la tia Berglind des del sofà, on s'havia ajagut per recuperar-se d'aquell remolí d'emocions. Les paraules de la tia van fer somriure tothom, fins i tot en aquell moment tan difícil.

–Aquesta és també una història molt llarga –va respondre Samah–. Diguem que tot el mèrit és d'aquella esfera –va afegir assenyalant el foc que fins en aquell moment havia quedat suspès al sostre, com un llum molt gros.

–Princesa Nives, acosteu-vos a l'esfera, sisplau –va dir llavors Haldorr en el to decidit de qui sap què cal fer.

Així que Nives ho va fer, la bola de foc va baixar i va deixar de crepitar. Es va empetitir de cop, fins que no va ser gaire més gran que una cirera, després es va acostar al seu vestit i es va posar ben bé al centre del fermall, com una pedra preciosa.

–Però, què ha passat? –va preguntar la princesa.

–La calor s'ha unit al fred, el Regne de la Foscor s'ha unit al Regne dels Gels. I així serà d'ara endavant. Els regnes s'aproximen –va explicar el bibliotecari.

–Això també estava escrit al llibre? –va preguntar Samah.

Haldorr va assentir.

–Quin llibre? –va preguntar Nives.

Haldorr no sabia què respondre-li, però Samah va parlar per ell.

–Et veus amb cor d'escoltar una història? La història de com hem arribat totes fins aquí?

–Sí, és clar... i tant.

Nives es va asseure en una butaca al costat de la llar de foc.

Haldorr va atiar el foc immediatament.

–Mare meva! –va cridar Arla–. D'on ha sortit tanta aigua?

–T'has deixat les aixetes de la cuina obertes, Arla! Mira que t'ho dic sempre, eh?! –va exclamar Erla.

–Que no! Has estat tu! –va replicar Arla.

–I un be negre! –li va tornar Erla.

38

Una nova partença

Nives va escoltar pacientment tota la història.

–...I gràcies a aquest llibre vam saber com us podíem alliberar del gel. Un llibre que va escriure el pare perquè ens ajudés en cas de necessitat.

–Ja –va comentar Nives–, ell sí que coneixia bé els nostres regnes! Si no ens hagués abandonat...

–Estic convençut que el rei sempre vetlla per nosaltres, sigui on sigui –va replicar Haldorr.

Les tres germanes van assentir.

–I Iara? On és? –va preguntar Nives.

–Ha anat a Terra-rotunda. S'ha convertit en una noia molt valenta i decidida. Em penso que també és mèrit seu que el Foc Fatal hagi vingut a alliberar-te.

–Ho dius de debò?

–Sí, de debò. Però, això sí: continua tenint un caràcter que Déu n'hi do!

Les dues germanes es van posar a riure, i Kalea les va imitar.

–Ara que hi penso, t'he de presentar una persona –va dir la Princesa dels Coralls.

Nives semblava molt encuriosida i els seus ulls es van fixar en Purotu, l'única cara que no li era coneguda.

–És Purotu, el meu germanet –va dir Kalea.

–Germanet? –va preguntar Nives.

–Sí. Ell i Naehu, el seu bessó, eren uns nàufrags que van anar a parar a una platja del meu regne. Els vaig acollir a Flordoblit i, des de llavors, som inseparables!

–És un autèntic plaer, princesa Nives –va dir el noi, amb mirada altiva.

–Igualment, Purotu. Benvingut a la família –va respondre dolçament.

–Diamant i Iara ens esperen. Ens hi hem de reunir així que et sentis amb forces per marxar –va fer Samah.

–Hem de baixar al Regne de la Foscor? –va preguntar Nives.

Les princeses van assentir.

–Doncs ja podem anar tirant, o, més ben dit, fem un

salt al Fossat Enfervorit. Si ens volen allà baix, deuen tenir un bon motiu. No perdem més temps!

–T'hi veus amb cor? Estàs dèbil... –va dir Kalea.

–Oi tant, no et preocupis. I ells? Es queden aquí? –va preguntar, assenyalant tots els altres.

–Sí –va respondre Kalea.

Purotu va mirar Kalea amb ulls suplicants.

–Jo...

–No, germanet, tu t'has de quedar a Arcàndida, per si fos necessari defensar-la.

–Sempre la mateixa història! –va rondinar el noi–. Jo vull venir amb vosaltres a combatre contra el Príncep sense Nom! I vosaltres em deixeu aquí a defensar... què? Res!

En sentir aquestes paraules, Nives se li va acostar.

–Pel que sembla, ets un noi molt valent. Si et demanem que et quedis és perquè aquí seràs més útil. Mira les persones del teu voltant: tots són ancians i criatures. Tu ets fort i sabràs protegir-los.

–I a més... –li va recordar Samah–, cal tenir cura dels llops. No es poden quedar sense el seu capità.

Purotu semblava força convençut.

–D'acord, Nives. Però la pròxima vegada...

–Esperem que no hi hagi cap pròxima vegada –va reblar Samah.

Una nova partença

Havia estat una jornada llarga i esgotadora; la cort dels gels estava molt contenta, però també extenuada. Per tant, animats per l'esperança que ben aviat se solucionaria tot, les viatgeres es van acomiadar de tothom ràpidament amb la promesa de tornar ben aviat i de donar notícies. Nives va recomanar a les seves cosines que fessin bondat i que no fessin parar boja la tieta Berglind. Va fer una abraçada a l'anciana comtessa, a Haldorr i a les dues cuineres que, naturalment, es van barallar per decidir qui se n'havia d'acomiadar primer.

Després, les tres princeses van sortir de la sala i es van dirigir al fossat.

A fora feia molt de fred, però no importava: el desig de reveure les germanes i de salvar els regnes era tan fort que les empenyia a superar qualsevol adversitat.

–Esteu preparades? –va preguntar Nives, quan van arribar al parapet del pont llevadís.

–Preparadíssimes!

Samah i Kalea, a banda i banda de Nives, li van agafar les mans i totes juntes es van enfilar a la barana del pont.

Després, es van mirar i van dir a l'unísón:

–Tres, dos, un, avaaall...

I van saltar alhora, sense deixar-se anar les mans.

No s'havien sentit mai tan fortes ni tan properes.

39
El viatger del desert

Samah, Kalea i Nives, de viatge pel Fossat Enfervorit, no podien sospitar ni remotament que les rebria el seu estimat pare. A l'altre extrem, Diamant i Iara es morien de ganes de tornar a abraçar les seves tres germanes.

–Tu creus que trigaran gaire? –va preguntar Iara, impacient.

–Arribaran, filleta meva, no passis ànsia –li va respondre el seu pare.

–És com allò que deia l'endevinalla –va recordar Iara–. Com més desitges una cosa, més llarg et sembla el temps d'espera per aconseguir-la.

S'esperaven parlant de temes diferents, però, al final,

inevitablement, la conversa va recaure en tot el que encara havien de fer.

–Pare, quan estiguem tots junts i anem a la Roca de la Son, ho podrem resoldre tot, oi? Allà, hi trobarem el Príncep Malvat i l'adormirem amb la seva cort...

–Si ens en sortim... Perquè podria ser que ell cantés la Cançó de la Son abans que nosaltres.

–I llavors desvetllaria la cort...

–Sí, Iara. Però hi ha una altra cosa que no sabeu: si el príncep canta la cançó, la cort es desvetllarà, però el mar engolirà la Roca.

–Això significa que el palau quedarà destruït.

–Exactament, Diamant.

–I per què no deixem que canti la cançó i que s'enfonsi tota la cort en pes?

–Malauradament, hi ha un altre fet, un detall molt greu que...

–Sisplau, papa, no ens facis estar amb l'ai al cor! –va fer Diamant.

Però, en aquell moment, una cosa va cridar l'atenció del rei: al fons del saló del tron, havia aparegut un home.

Les princeses també es van girar per mirar.

–Robí Blau! Què hi feu, aquí? –va cridar Diamant, aixecant-se d'un salt.

L'home va avançar uns passos.

–Robí Blau?! –va exclamar Iara, amb els ulls com unes taronges de la sorpresa.

–Marxeu! Immediatament! –va cridar Diamant.

Robí va acotar el cap.

–Princesa Diamant, només us demano que escolteu el que us he de dir, i després, si voleu, desapareixeré per sempre de la vostra vida.

–Marxeu immediatament! –va cridar Diamant una altra vegada.

–Concediu-me un minut, us ho prego.

En aquell moment, va intervenir el rei, que, en un to més calmat, va aconsellar a la seva filla:

–Diamant, abans d'expulsar aquest home és just que escoltem el que ens ha de dir.

La Princesa de la Foscor va abaixar els ulls, va respirar fondo i després, mirant fixament els ulls de Robí Blau, va dir:

–D'acord, però no us allargueu gaire.

–Princesa Diamant –va dir el jove, agenollant-se–, he vingut per dos motius: el primer és demanar-vos perdó.

–No l'obtindreu mai. Heu enganyat i traït la cort i a mi. Us heu comportat com un miserable. No ho puc oblidar –va respondre ella, amb la veu alterada pel disgust.

–Ho sé i creieu-me, us ho prego: no ho faré mai més. Però heu de saber que tot el mal que us he fet a vós i a les vostres germanes no depenia de la meva voluntat: el Príncep sense Nom em va subministrar una poció que em va sotmetre al seu voler. Després, em va enviar un insecte, un coleòpter, que entrava en els meus somnis cada nit i em doblegava completament a la seva voluntat. Comprenc que tot això us pugui semblar increïble, però us suplico que em cregueu perquè és la veritat; jo només era un peó impotent en mans d'aquell ésser malèvol. He vingut a demanar el vostre perdó, princesa, abans d'anar a demanar el de la vostra germana Samah.

Quanta dignitat hi havia en aquells ulls! I que profunds que eren! I el to de la seva veu... Quin home més esplèndid! I com se l'estimava!

El rei va escoltar amb molta atenció les paraules del jove i, a mesura que s'explicava, la convicció que Robí Blau no mentia arrelava més i més en la seva ment.

–Us el concedeixo, però amb una condició –va decidir Diamant, en un impuls sobtat.

–Quina? –va preguntar Robí Blau.

–Que us n'aneu i no torneu mai més a aquesta cort –va dir Diamant.

–Però és que... No puc –va afegir el noi.

–Per què?

–Pel segon motiu que m'ha fet tornar aquí.

–Considero que el meu perdó és el màxim a què podeu aspirar.

–El segon motiu és demanar la vostra mà, perquè us estimo, princesa Diamant..., infinitament.

Diamant no donava crèdit a les seves orelles.

–No! La resposta és no! –va replicar secament.

–No m'estimeu? –li va preguntar Robí Blau.

Dins del cor de la princesa hi va haver un gran terrabastall: com un dic que es trenca i deixa fluir el sentiment que contenia, finalment lliure. Diamant es va commoure sense adonar-se'n. El seu amor era clar, límpid, decidit: l'empenyia cap a aquell home, però la raó li aconsellava que se n'allunyés.

–No –va respondre ella.

–Ja no m'estimeu? –va tornar a preguntar Robí, amb un fil de veu.

–No... no és que no us estimi ara. És que jo... –va dir, d'una tirada–. Us he estimat sempre!

–Per tant... accepteu convertir-vos en la meva esposa?

Diamant va dubtar un instant. Ell li va agafar les mans i les va cloure entre les seves.

Eren càlides i reconfortants, com els seus ulls blau clar.

Just en aquell moment, Sequí va entrar al saló del tron, molt trasbalsat.

–Majestat! Princeses! Veniu, de pressa! Ja han arribat –va dir a crits.

Diamant es va alliberar de les mans de Robí Blau i va sortir corrents.

La Princesa de la Foscor tenia una resposta empresonada als llavis i Robí Blau custodiava una esperança al cor.

Sí, ja ho sé, ja ho sé. Voldríeu saber si Diamant consentirà casar-se amb Robí Blau o no. Però no us ho puc explicar tot ara, haureu de tenir paciència.

Només us anticiparé que el seu amor és sincer i profund, com tots els amors de debò... Què dieu? Que voleu saber qui ha arribat? Les princeses Samah, Kalea i Nives, naturalment! Han aconseguit trobar el camí cap a Terra-rotunda i ara són al palau reial, ansioses per abraçar les seves germanes.

Pel que fa als altres personatges de la història... Què voleu que us digui? El Rei Savi, tal com ja deveu haver entès, amaga un gran secret que encara no pot revelar. I el misteri a l'entorn de l'autèntic Helgi es complica més. Però, ara que l'aventura està a punt d'acabar, us puc revelar que... trobareu unes pistes amagades aquí i allà. Sobretot al Palau Adormit...

Haureu de ser molt valentes, amigues meves, perquè estem a punt d'embocar el passatge secret que porta del Regne de la Foscor a la Roca de la Son, i és ple de trampes i paranys que hi ha col·locat el Príncep sense Nom per impedir l'entrada als intrusos.

Recordeu que va capturar el savi guaridor del Regne dels Coralls, i que coneix tota mena d'encanteris i pocions màgiques. Per tant, estigueu alerta i no toqueu res del que vegeu al llarg del camí, sobretot!

Només us explicaré una altra cosa. Quan arribeu al final del passatge, trobareu una escala llarga i recta. No mireu a baix, perquè si no... En fi, que no ho feu i punt!

Quan arribem a la Roca, correrem una colla d'aventures, us ho ben prometo!

Però, primer de tot, ens hem d'assegurar que portem tot el que ens farà falta per al viatge: una torxa, una corda, uns guants...

Què? Que per què ho necessitem? No us preocupeu per això, us dono la meva paraula que estareu molt contents d'haver-ho agafat. Ah, i no us descuideu l'equip per fer una llarga immersió al mar. Us farà falta! Paraula de Tea!

I ja n'hi ha prou de xerrameca. Ben aviat coneixereu el final d'aquesta història i tots els secrets seran desvelats. Ai, estic tan emocionada!

Espereu-me! Molt aviat tornaré a ser amb vosaltres!

Tea Stilton

ÍNDEX

SEGONA PART

Princeses del Regne de la Fantasia

Temps era temps, el Gran Regne, el governava un únic sobirà, el Vell Rei. Però un cavaller molt valent va derrotar el seu poder malèfic, va dividir el Reialme en Cinc Regnes i els va confiar a les seves filles.

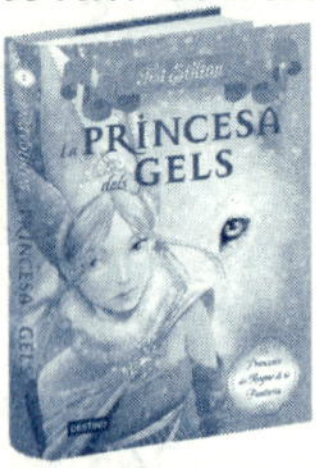

1. LA PRINCESA DELS GELS

A Nives, la Princesa dels Gels, li ha arribat l'hora de casar-se. Però un halo de misteri envolta el príncep que ha demanat la seva mà. Al seu fidel llop blanc, Gunnar, li tocarà frustrar l'amenaça que posa en perill la cort.

2. LA PRINCESA DELS CORALLS

A Flordoblit, la princesa Kalea hi conserva una estrofa de la Cançó de la Son: uns versos que uneixen el seu destí al de les altres princeses del Regne de la Fantasia. Després de l'arribada a la cort del misteriós Kaliq, l'estrofa desapareix, cosa que posa en perill el Regne dels Coralls.

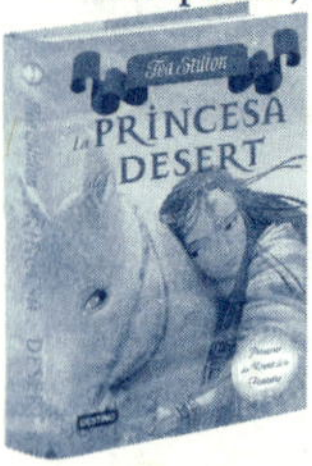

3. LA PRINCESA DEL DESERT

A Rocadocre, la capital del Regne del Desert, tot està preparat per al Mercat de les Sorres, l'esdeveniment més esperat de l'any. Amb les caravanes de mercaders, també arriba a la ciutat un jove misteriós...

4. LA PRINCESA DELS BOSCOS

Al Regne dels Boscos, la princesa Iara rep una visita inesperada: Samah i Kalea s'hi presenten per avisar-la que corre un perill greu. Ha arribat l'hora d'unir les forces per enfrontar-se juntes al Príncep sense Nom!

5. LA PRINCESA DE LA FOSCOR

El Regne de la Foscor corre perill: han robat l'última estrofa de la Cançó de la Son per poder desvetllar la cort del Vell Rei. La Princesa Diamant no es pot creure que el lladre sigui el jove que no pot oblidar, però...

L'AVENTURA CONTINUA...

6. LA REINA DE LA SON

Finalment, les princeses del Regne de la Fantasia s'han tornat a reunir i estan disposades a fer l'atac definitiu al Príncep sense Nom. A la Roca de la Son, a més de moltes insídies, també els espera un secret meravellós...

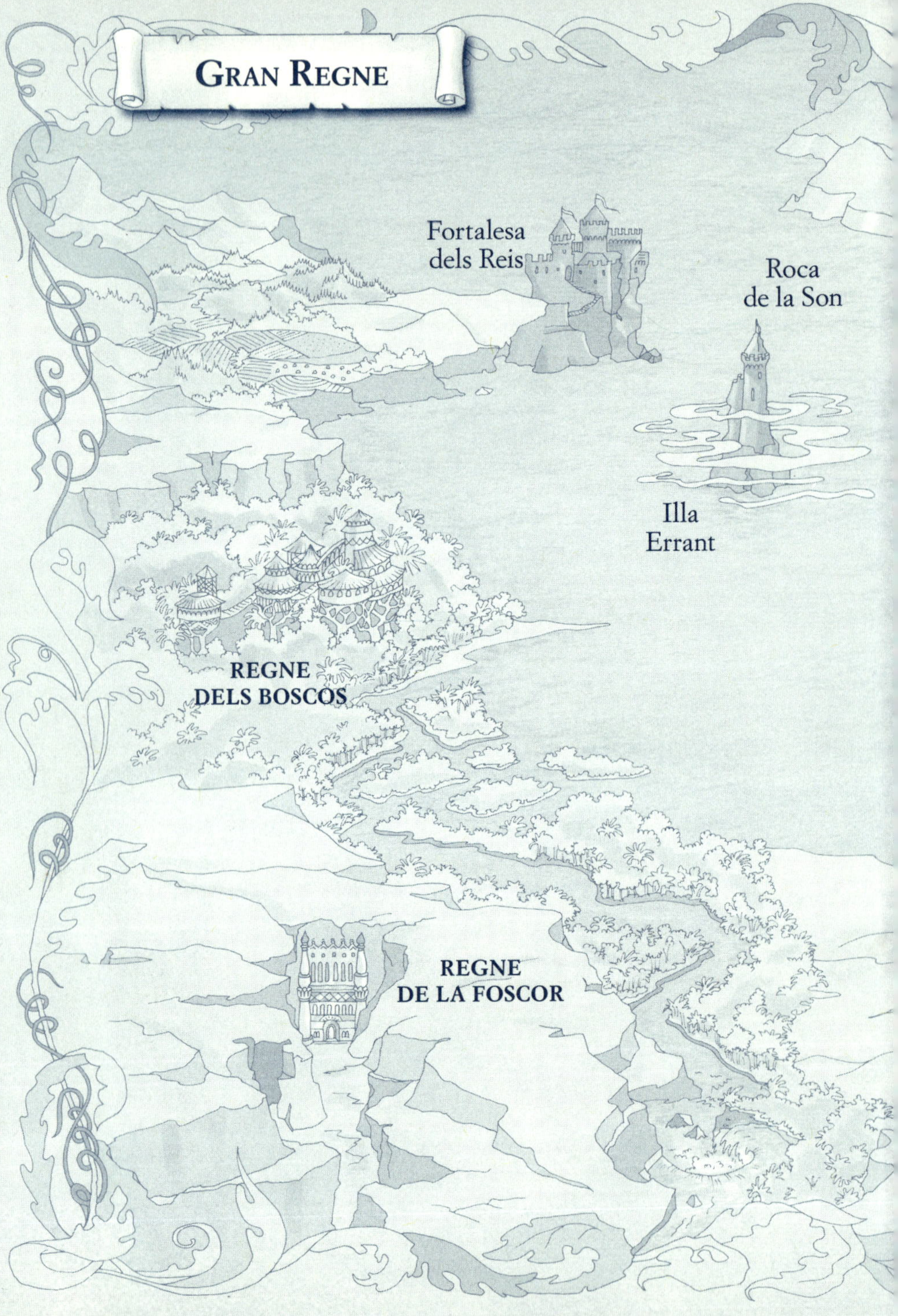
GRAN REGNE
Fortalesa
dels Reis
Roca
de la Son
Illa
Errant
REGNE
DELS BOSCOS
REGNE
DE LA FOSCOR